裏火盗裁き帳

八

吉田雄亮

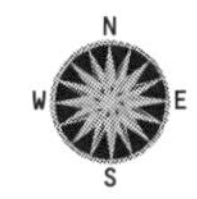

コスミック・時代文庫

この作品は二〇〇八年五月に刊行された『裏火盗罪科帖（八）転生裁き』（光文社時代小説文庫）を改題し、大幅に加筆修正を加えたものです。

目次

第一章　怨府

一

一寸先も見えない。

すべてが白く深い朝靄に包み込まれていた。

門番は手探りで表門脇の潜り門の閂をはずした。箒を手にしている。

「皆が起き出す前に表門、裏門前の通りを、塵ひとつなきよう掃除しておけ。『門前のいたるところに塵芥が見いだされる。細かく手入れをしようとの気配りもないのか』などと他家の口にのぼり、嗤われては御家の恥。こころして仕掛かれ」

と上役から厳しく命じられていた。

這うようにして門番はすすんだ。そうしないと、門前に落ちた塵芥などの汚れ物が見えなかったからだ。

明け番の者との引き継ぎでは、

「何の異状もない」

と聞いていた。

もっとも老中首座　松平定信（まつだいらさだのぶ）の屋敷の前で、好んで不届きなことをしでかす者などいるはずもなかった。

門番にとって、立ち籠めた靄だけが厄介（やっかい）な一事であった。

門のそばには塵ひとつ落ちていなかった。

門番は門扉を背にして門前を見渡した。こころなしか靄が薄くなってきている。

こんもりとした黒いものが門の正面にあった。昨夜までは、そんなものはなかった。

（誰かが袋に入れた塵芥でも捨てていったのかもしれない。迷惑な……）

門番は小さく舌を鳴らした。

目を凝らし、顔を突き出して、中腰でそろそろと近づいていった。

それは次第に姿を現してきた。

白い塊（かたまり）であった。

前に赤黒いものが尾を引いていた。

門番は首を捻った。

生臭い、魚を下ろしたときのような臭いがしたからだ。

門番は鼻をひくつかせた。

臭いは、その白い塊から漂っている。

門番は一歩近づいた。

臭いが強まった。

おもわず鼻を押さえた門番はおずおずと近づいていった。

それが、はっきりと見えたとき、門番は、大きく喘いで、へたりこんだ。

白い塊は白装束を身にまとった武士であった。

赤黒く尾を引いて見えたものは、腹から流れ出て袴の前を濡らした、血の染みであった。

前屈みとなった躰から突き出ているものがあった。

脇差であった。

柄頭が地面に押しつけられていた。

鍔に刀身をつたった血がからみついている。深い靄が垂れ籠めているにもかかわらず、なぜか門番には、それがはっきりとみえた。

ことばにならない声をあげ、尻をついたまま後退った門番は、ついに耐えかねて叫び声をあげ、這いつくばって門へ向かった。

門番所に詰めていた相方の門番が、獣が争っているかのような声を聞いて、詰所から出た。

そのとき……。

表の潜り門から門番が倒れ込むように入ってきた。相方は、異変を察した。外を指さし、震えて歯を鳴らし喘ぐだけの門番をそのままに、潜り門から表へ走り出た。

すでに朝靄は薄らいでいた。

相方は愕然と立ち尽くした。

白装束の白髪交じりの武士が、前のめりに突っ伏していた。その前に拳大の石を重しがわりに一通の封書が置かれていた。

その場の様子から覚悟の上の自刃とおもえた。後々のことを考えると、迂闊に手を触れることは避けるべきであった。

相方は上役の指示をあおぐべく身を翻した。

報告を受けた宿直の武士は、側役の指示をあおいだ。

話を聞いた側役が血相を変えた。

「切腹した者の姿が他家の家臣にでも見られたら一大事。万が一、当家に遺恨を持ち、書き置きに恨み言でも書いてあったら、どうするのだ。御家の恥を天下にさらすことになるぞ。直ちに骸の始末をつけ、地に染みた血を跡形もなく洗い流せ。わしもいく」

側役の手配りは迅速なものであった。宿直の武士たちと門番たちを動かし、急ぎ用意した戸板に左右から抱え上げて老武士を載せた。

抱き起こされるかたちとなった老武士の躰が露わになった。見るなり、側役が呻いた。

「これは見事な腹の切りぶり。よほど腹の据わった武士であろう」

と土下座をして、手を合わせた。

老武士は、作法通り、ためらうことなく腹を十文字に掻っ切っていた。

「丁重に葬らねばならぬ。まずは屋敷に運び込め」

立ち上がり、門番たちに命じた。

「血の跡を残してはならぬ。念には念を入れて事にあたれ」

　門番たちが大きく顎（あご）を引いた。

「お睡眠（やすみ）を妨げ、申し訳ありませぬが火急のことゆえお許しくださりませ。一大事でございまする」

　戸襖（とぶすま）越しに側役から声をかけられた松平定信は、うむ、と呻いて、目を見開いた。頭をゆっくりとふりながら、夜具の上に半身を起こした。大きく息を吸う。眠気を払うための動きであった。一息置いて、告げた。

「何事じゃ」

「門前に腹切った武士の骸が」

　側役が応えた。

「切腹、とな」

　すでに眠気は覚めていた。

「許す。入れ」

　定信のことばに戸襖が開かれ、側役が膝行（しっこう）して座敷に入った。一礼し、封書を差し出した。

「死骸の前に封書が置いてありました。あらためましたところ、自刃なされたのは旗本九百石松尾重右衛門様とわかりました」

「禄高九百石を拝する直参旗本、松尾重右衛門……何故の自刃じゃ」

「書状には、なにやら当家に遺恨ありげなことが記されてありました」

「遺恨？　聞き捨てならぬ。見せい」

定信が夜具から起き出してきた。手をのばす。

立ち上がった側役が腰を浅く屈めて、定信に歩み寄った。封書を差し出す。

受け取り封を開き、書状を開いた。読み進む定信の眉が顰められた。

読み終えて側役を見つめた。

「すぐにも火付盗賊改方の長谷川を呼びに走れ。火急のこと、と定信が申しておるとつたえるのだ」

こめかみに癇癖の証の青筋が浮き立っていた。

「すぐさま使いの者を走らせまする」

緊張に顔を引きつらせ、応えた。

定信の急使が、清水門外にある火盗改メの役宅に到着したときには、長谷川平蔵は石川島人足寄場へ向かう支度をととのえていた。

「火急のこと」

との松平定信の伝言を聞いた平蔵は同心相田倫太郎に、

「浅草新鳥越の貞岸寺に走り、結城蔵人に至急役宅に入り、わしが帰るまで待つようつたえよ」

と命じ、使者とともに老中首座の屋敷へ向かった。


平蔵を接客の間に迎え入れた定信は、着流しのくつろいだ姿であった。

定信は、松尾重右衛門が門前で切腹したこと、秘密裏に骸を片付け、病死として処置し、松尾の家を安堵したことなどを告げたあと、

「これを書き残しておった」

と封書を平蔵に渡した。

封を開き、読みすすんだ書状には、

〈御先祖が御神君より拝領した家宝の壺を何者かに盗まれてしまった。そこへ御老中首座より『拝領の品を検分したい』との申し入れがあった。八方、手をつくして探索したが、どうにも見つけ出せない。御老中首座より再三『拝領の品を屋

敷に持参するように』との催促があったが、要請に応えられない仕儀に至った。御神君より拝領の品を失うなど直参の身として恥ずべきこと。腹搔き切って、死を以ってお詫びするしかない〉

と墨痕あざやかに記してあった。

さらに読みつづけた平蔵の顔が曇った。容易ならぬことが書きつづられていた。

〈三河以来の旗本の何人かが、御先祖が御神君より拝領した品を失っている。何者かに盗みだされたのかもしれない。時を経ずして、御老中首座より拝領の品検分の御下命があり、いずれの旗本も困惑している。これは落度をつくりあげ、家禄を召し上げようとの、御老中首座の策謀ではないか、との噂がまことしやかに旗本たちの間で囁かれている。事の真偽はともかく、御老中首座の政には人としての情けが乏しく、四角四面の論理のみが先走っているように感じられる〉

と松平定信批判が綿々とつらねてあった。平蔵は書面を閉じ、目を閉じた。

〈世の中に、蚊ほどうるさきものはなし　ぶんぶといふて　夜も寝られず〉

蚊はひらいて「か」、ぶんぶ、は「文武」と漢字をあてるところを伏せ字にした、当時、町人の間に流布した狂歌である。

老中に任じられた松平定信は、

〈御神君が、江戸幕府を開府されたころの御世にもどすべく質素倹約し、文武の鍛錬に励む質実剛健の暮らしに徹すべし〉

との方針をかかげて政を推しすすめた。前任の老中田沼意次が行った、すべてが華美に流れ、賄賂が横行し、贅沢三昧を奨励した観さえあった、

〈金権政治〉

とは正反対の政であった。

当然のことながら、定信が老中首座になってからというもの、派手な遊びは禁止され、着飾った出で立ちは厳しく取り締まられて、町々からは日々活気が失せていった。息をひそめたような地味な暮らしを強要された町人たち、いや、武士の間からも、行きすぎた定信の政にたいして、次第に不平不満の声が高まりつづけていた。その流れに、いまだ定信は気づいていない。

平蔵はじっと見つめた。

「なぜ今、御神君より直参旗本たちが拝領した品々を、検分なされるのでございますか」

「わからぬか」

定信が、ことばをきって、溜め息をついてみせた。蔑んだような目つきで見つ

め返した。

「徳川幕府開府の頃の、質実剛健の暮らしにもどし、武士に武士道を貫く武士(もののふ)らしきこころを取り戻させて、武家の世の隆盛を今一度めざそうという、わしの志を、御神君より下賜された品々をあらためることにより、譜代の大名、直参旗本たちにつたえられるのではないかとおもうて為(な)したことなのだ。それがこのようなことになっていくとは、武士の魂も地に落ちたといわざるを得ぬ。ただただ無念じゃ」

平蔵は黙り込んだ。定信は、八代将軍徳川吉宗(よしむね)の孫にあたる。名門の家に生まれ、大名家に養子として迎え入れられた、将になるべくして生まれ、育った人物である。一度も人の下で働いたことのない者にありがちな、独りよがりの過剰な自信が生み出した傲慢(ごうまん)さに充ち満ちていた。書物で得た知識がすべてであり、現実の有様に目を向けようともしなかった。当然のことながら、為すあらゆる事柄が上っ滑りの、人の情けをともなわぬ形だけのものとなっていた。

（しょせん浮世の機微を説いても、話の通じぬ相手）

とのおもいが平蔵にはある。

わずかの沈黙があった。

平蔵が、問うた。

「言を左右にして、なかなか検分に応じようとしない譜代、直参旗本の数は？」

「そうよな」

定信が首を傾げた。記憶を探る顔つきとなった。

「十指に及ぶな。そのうちのひとりが松尾重右衛門であった」

「検分に応じようとはせぬ残りの者たちも、拝領品を盗みだされているのでは」

「そうだとしたら由々しき大事。何者が御神君より下賜された品を、奪ったのであろうか。公儀に弓引く企みが隠されている、とおもえぬこともない」

「探索せねばなりませぬな」

「事は密かに運ばねばならぬ。長谷川、支配違いは承知の上で命じる。裏火盗の頭領、結城蔵人と共にすぐにも探索を始めてくれ」

「直ちに仕掛かりまする」

平蔵は頭を下げた。

二

裏火盗は、火付盗賊改方長官長谷川平蔵が石川島人足寄場を創建し、加役人足寄場取扱に任じられて運営にかかわるにあたって、

「向後は、本来の任務である盗っ人など悪党どもの探索に専念できぬは必至」

と判じ、老中首座松平定信と計らって結成した蔭の組織であった。

火盗改メの支配の及ばぬ寺社、武家、公家方らが仕組んだ謀略、あるいは加担した悪事を探索することが裏火盗の主たる任務とされた。

裏火盗の頭領結城蔵人は、東照大権現徳川家康の嫡男、岡崎次郎三郎信康の末裔であった。が、徳川幕府が開府されてから百八十年余の年月が過ぎ去った今となっては微禄の一旗本にすぎなかった。その家督も、裏火盗の任務につくにあたって甥に譲っていた。

結城蔵人は、清水門外の火盗改メ役宅の奥の座敷で、もどってきた長谷川平蔵と向かい合って坐していた。

平蔵は蔵人に、切腹した松尾重右衛門の骸が門番により見いだされた経緯、書き残された書状のなかみなど、事の顚末を細かく話して聞かせた。

口を挟むことなく聞き入っていた蔵人は、

「探る相手が直参旗本。ちと面倒でございますな」

と、黙り込んだ。

平蔵は懐から二つ折りした書付をとりだし、蔵人の前に置いた。

「御老中首座が控えておられた、御神君拝領の品の検分に応じぬ、直参旗本の名と所有の品々を、わしが書き写してきたものじゃ」

蔵人が手にとった。目を走らせて、

「いずれも大身の旗本でございますな」

と書付を置いた。

「その者たちの探索に仕掛かってくれ。もし拝領の品を盗まれるなど、何らかの事情で紛失しているのであれば、屋敷の様子にただならぬものがあるはず」

「探索はおもいのほか、はかどるかもしれませぬ」

平蔵が、にやり、とした。

「武士は喰わねど高楊枝、と申す。何かにつけて見栄を張りたがるのが武士だ。

そううまくはいかぬかもしれぬぞ」

「如何様。そうでございましたな。宮仕えの身、世間体には必要以上に気を配るのが武士というもの」

蔵人も笑みを浮かせた。

「その書付、相田にでも写させよう。待つ間に朝餉でも支度させる。食していけ」

「遠慮なく馳走になります」

蔵人は小さく頭を下げた。

「野暮な男ふたりの差し向かいの膳、色気抜きで、さほど楽しくもなかろうがな」

平蔵は呵々と笑った。


新鳥越町二丁目の住まいへ帰る道すがら、山谷堀にかかる三谷橋のなかほどで、蔵人は足を止めた。

山谷堀を猪牙舟が一艘、大川からのぼってくる。三谷橋の橋脚から下ってきた猪牙舟が出てきて、すれ違った。船頭同士が知り合いらしく片手をあげて挨拶をかわした。そのまま上と下とへ漕ぎ離れていく。それぞれの猪牙舟には大店の主人とみえる、金のかかった出で立ちの男がひとりだけ乗っていた。下る船は新吉原で泊まっての帰り船であり、上流へ向かう猪牙舟は、これから一遊びするべく新吉原へ向かうものとおもわれた。

（昼にはまだ間があるというのに放埒な……御老中首座の政も、大店の商人どもには通じてはおらぬ）

町人たちは、

〈おそらくは、いずれ老中首座の首がすげかわり、老中田沼さまのころのようにとはいかぬだろうが、いまよりは締め付けの少ない世の中になるに違いない〉

とおもって、表向きは息をひそめているようにみせかけているだけなのだ。

蔵人のこころを虚ろなものが襲った。

（しょせん何も変わらぬ。その証に盗みを仕掛ける悪党どもは、雨後の竹の子のごとく、処断しても処断しても、次々と現れてくる）

無駄なことを為しているのかもしれぬ、との苦いおもいが浮いた。

そのとき……。

一陣の風が蔵人の頬をなぶって去った。

こころの虚ろを、その風が吹き散らしていったのか、蔵人はつねの有様にもどっていた。

踵(きびす)を返し、貞岸寺へ向かった。

貞岸寺は二軒の離れ屋を有していた。もともとは修行僧のためにつくられた庫裏(くり)であった。その庫裏に少しばかり手を加えて住まいとして貸していた。

奥の一軒には蔵人が住み、残る一軒には裏火盗の副長格の大林多聞(おおばやしたもん)が、表向きは町医者を名乗り、診療の助手をつとめる雪絵(ゆきえ)とともに住み暮らしていた。

大林多聞の町医者ぶりはなかなかのもので、患者たちの間では、

〈腕のいい、情けの深い先生〉

との評判をとっていた。

蔵人は、貞岸寺の表門から境内を突っきり、裏手へ抜けた。診療を受けに来たのか、幼子を連れたうら若い母親が表戸の前で日向ぼっこをしている。粗末な、着古した木綿(もめん)の小袖を身につけていた。おそらく近くの裏長屋に住む者たちであろう。

蔵人は、そのまま素通りしてさらに奥の林へ抜けた。浅草田圃(あさくさたんぼ)との境近くに二軒の貸家があり、そこに裏火盗の面々が住んでいた。

一軒には柴田源之進、木村又次郎、真野晋作ら、もともとは微禄の旗本だった三人が、もう一軒には安積新九郎、神尾十四郎、盗っ人あがりの吉蔵ら裏火盗が組織されたのちに新たに加わった三人が同居していた。

蔵人は、まず柴田たちの住まうところを訪ねた。

表戸を開け声をかけた。応じて出てきた柴田は、自分が住み暮らす座敷に招き入れた。

「何やら火急のことが」

「わかるか」

「さいわい出払っている者はおりませぬ。呼んできましょう」

「そうしてくれ」

柴田が戸襖を開けて出て行った。ほどなく表戸が開く音がして、駆けだしていく者がいた。柴田と木村が入ってきたところをみると、どうやら新九郎たちを呼びに行ったのは一番年若の晋作らしかった。

「何事でございますか」

木村が聞いてきた。

「皆が揃ってからのこととしよう」

蔵人は腕を組んだ。

やがて入り乱れた足音がして表戸が開いた。

手狭な座敷のことである。入ってきた晋作、新九郎、十四郎らは蔵人を囲んで半円を組むように坐した。吉蔵は入ってすぐ、戸襖のそばに控えた。

「揃ったな」

蔵人は一同に視線を流した。

「多聞さんは、いかがいたしましょうか」

柴田が気遣って、問うた。

「おれがあとから話しておく。いまは病人の相手で大変だ。幼子を連れた母も外で待っておった。おそらくなかは診療待ちの病人でいっぱいだろう」

一同が無言でうなずいた。今では、裏火盗の面々も、

〈薬代は気にせずともよい。病を治すが先だ〉

と、駆け込んできた病人たちを夜中でも診てやる多聞の働きに、一目置いていた。

木村などは、

「なかなか出来ぬこと。我らの誇りだとおもわぬか。蔭ながら手助けしてやりた

い。探索はなるべく我らだけで仕遂げようではないか」

　などと柴田たち裏火盗の面々と、話しあったりしているという。

「事の顚末はこうだ」

　蔵人は単刀直入に切り出した。平蔵から聞かされた事件のあらましを、知りうる限り細やかに話した。

　話し終え、

「これは御神君より拝領の品の御老中首座の検分を、言を左右にして引き延ばす旗本たちの名と所有する品々を書き写してもらったものだ」

　と書付を置いた。

「切腹された、旗本九百石松尾重右衛門様の名もありますな。まさに死をもって為した諫言」

　柴田が低く呻いた。

「我らも若年寄の仕組んだ罠に陥れられ、御扶持召し放ちの憂き目にあいました。他人事とはおもえませぬ」

　木村が晋作を見やった。

　晋作がうなずく。

蔵人は、裏火盗を結成するにあたって、老中の座を狙う若年寄の謀略の罠に陥れられた微禄の旗本たちのなかから、組織の者たちを選びだした。

蔵人自身もまた、罠を仕掛けられたひとりだった。

平蔵から話を聞かされたとき、蔵人の脳裏に甦った腹立たしいおもいを、木村たちも抱いているに違いないのだ。

蔵人のなかで、裏火盗を組織づくったときから今までの、様々な事柄が走馬燈のようにめぐった。探索のさなか果てた松岡太三、その松岡を無惨に斬り倒した剣客であり新九郎の師でもある葛城道斎との死闘、白髪の復讐鬼と変貌した、幼いころ兄と慕った藤木彦之助との触れ合い……。

が、すべて過去の出来事にすぎなかった。

蔵人の前には、今、このとき対峙せねばならぬ難事が待ちかまえていた。懐旧の念にひたっている遑はなかった。

蔵人は、記憶の糸を無理矢理断ち切った。

「まず書付に記されている旗本たちの動きを、手分けして探ろう。いつものように二人一組で探索にあたる」

蔵人が一同に告げた。

柴田らが顎を引いた。

「御頭」

「吉蔵か」

吉蔵が一膝すすめた。

「仁七(にしち)は、どういたしやしょう」

船宿「水月(すいげつ)」の主人におさまっている仁七は、雁金(かりがね)の仁七と二つ名を持つ盗っ人であった。長谷川平蔵の密偵として働いていたのだが、裏火盗が結成されたときから、蔵人のもとで探索に携わっていた。

吉蔵もまた、無言(しじま)の吉蔵という通り名の、

〈殺さず、犯さずの、盗っ人の正道を貫きつづけた大親分〉

であった。足を洗い、隠遁(いんとん)の暮らしを送っていたが蔵人の人となりに惚れ、

〈これまで積み重ねた盗っ人稼業の、せめてもの罪滅ぼし。この命、使い捨てていただきたく〉

と押しかけて配下に加わったのだった。

「おれが仁七とつなぎをとる。柴田と十四郎、木村と真野、新九郎と吉蔵がそれぞれ一組となり、動け」

蔵人が命じた。

「差し出がましいようですが」

吉蔵が切り出した。

「聞こう」

蔵人が応じた。

「一組は、古董屋をあたってみたらいかがでしょうか。盗っ人は盗んだ品を古董屋に持ち込み、銭に換えるのがつねでございます。たとえ御神君拝領の品であっても持ち歩くは何かと面倒。金にするが一番で」

盗っ人渡世に、どっぷりと浸ってきた吉蔵のことばには、それなりの重みがあった。古董とは、いまでいう骨董をさすことばである。由緒ある古董は、大名、大身旗本、富商などにもてはやされ、

〈目の保養を独り占めするは不心得。よき品は持ち寄って、惜しげなく見せ合うが粋人の心意気というもの〉

との大義名分をでっちあげ、その実は、手に入れた古董を自慢しあう集まりなども頻繁に催されていた。

うむ、と蔵人が顎を引いた。

「吉蔵と新九郎は古董屋をあたれ。おれも、仁七とともに古董屋をまわってみる。旗本たちの聞き込みと、ふたつのやり方をとる。意外な結果を生むかもしれぬ」

柴田らが無言でうなずいた。

三

数日が経った。

手がかりのひとつもつかめていなかった。

屋敷町での聞き込みは困難を極めていた。書付に記されていた旗本たちは、家来や中間、はては出入りの商人たちまで口止めしているらしく、噂のひとつも聞こえてこなかった。

隣家の旗本たちの家臣、下働きの者まで口を固く閉ざして、拝領の品検分の命を受けた旗本の名を出すだけで、あからさまに、警戒の目を向けてくる始末だった。

「なかには御用の筋ときめつけ、しかるべき筋を通してまいられるがよい、とわざわざ待ち伏せて厳しく告げる、どこぞの大身の用人とおもえる御方もありで、いやはや困り果てました」

聞き込み上手の木村又次郎が音を上げるほどの用心ぶりだという。

吉蔵がいいだした古董屋をめぐっての探索も、さしたる成果はあげていなかった。

蔵人の住まいの奥の間でもった会合は重苦しいものだった。

吉蔵は、

「どこにも、盗みだされた拝領の品とおもえる古董が見あたらない。どこぞの金持が、盗っ人から直に買い求めているんじゃありますまいか」

と首を傾げた。

「だとすれば、古董屋には訪ねる品は出回ることはない、ということになる」

蔵人が誰に聞かせるともなくつぶやいた。

「しかし、いまだ古董屋に目当ての品が見あたらぬということは、吉蔵がいったことが当たらずといえども遠からず、ということになりませぬか」

新九郎が口をはさんだ。

「そうよな」

蔵人は腕を組み、目を閉じた。思案するときの蔵人の癖ともいうべき所作であった。

一同は黙然として、蔵人が口を開くのを待った。

やがて……。

蔵人が腕組みを解いた。

「仁七、数多い江戸の古董屋のなかで、盗品とわかっても気づかぬ風を装い高値で買い取る店の心当たりはあるか。それなりの大店ということになるが」

仁七が首を捻った。

「危ない橋を渡っても商いをする古董屋、となると五、いや六店ほどはあるんじゃねえかと。吉蔵親分、どんなものでしょう」

「そうよな。そんなところだろうな」

吉蔵が応じた。

「二店に絞り込むとしたら、どうなる」

重ねて蔵人が聞いた。

「強いてしぼりこむとすれば神田明神下(かんだみょうじんした)の井坂屋(いさかや)、下谷広小路黒門町(したやひろこうじくろもんちょう)の風貴堂(ふうきどう)といったところじゃねえかと」

仁七がことばを添えた。

「あっしもそうおもいやす」

「神田明神下の井坂屋、下谷広小路黒門町の風貴堂か……」

独り言ちた蔵人が吉蔵たちに目を向けた。

「古董屋まわりは止めにする。明日より井坂屋、風貴堂を張り込む。新九郎と吉蔵は井坂屋、おれと仁七は風貴堂を見張る」

吉蔵と新九郎、仁七がうなずいた。

旗本たちの聞き込みに仕掛かっている木村たちに目を向けて、告げた。

「やりにくかろうが、屋敷町の聞き込みをつづけてくれ。おもわぬ手がかりをひろうことになるやもしれぬ」

木村たちが大きく顎を引いた。


蔵人は下谷広小路の風貴堂を見張っていた。さいわいなことに、店先がよく見える料理茶屋が、通りを挟んだ斜め向かいにあった。

蔵人と仁七は、その料理茶屋［橘屋］の二階に泊まり込んでいた。

すでに二日が過ぎ去っていた。

「どこぞの旗本の家来たちが、盗品も扱う古董屋との噂を聞き込み、盗まれた拝領品の探索に現れるのではないか、とおもったが、当てが外れたかもしれぬな」

蔵人が、薄めに開けた障子窓の隙間から風貴堂をながめながら、つぶやいた。

ことばとは裏腹、その目は店先に据えられたままだった。

「代わりやしょう。あっしは十分休みやした」

横になっていた仁七が立ち上がって、障子窓のそばへ来た。

「頼む」

といって座をゆずり、横になって肘枕をした。一刻（二時間）ごとに交代すると決めてある。

目を閉じたが、なかなか寝付けなかった。見張っているときには、すぐに眠気を催して、目を開いていることが辛くなりがちなものだが、いざ眠ってよいとなると眠れない。

（不思議なものだ）

蔵人はおもわず苦笑いを浮かべていた。頭のなかに、さまざまな思案が浮き出てきて、消える。すべてが半端な、よく考えていくと、推量の域にも達していない、ひとりよがりなものだった。

事件はたしかに起きている。

が、事件の証、ともいうべき失われた品々は何一つ見いだせずにいるのだ。

拝領の品を盗まれたとおもわれる旗本たちは、固く口を閉ざして、はたしてその品が盗まれたものやら、粗相で壊してしまったものやらかもわからぬ有様で、時間だけが無為に流れている。

（これでは手助けしてやりたくとも、何もできぬわ）

蔵人は、なかば呆れ果ててもいた。

（武士とは、これほどまでに体面にこだわるものなのか）

とのおもいが強い。

（その体面のために命を捨てたのだ）

蔵人は、みごと十文字に腹を掻っ切ったという、松尾重右衛門におもいを馳せた。

先祖が御神君から拝領した品を盗まれ、御老中首座から求められた検分を果たせぬ、と見極めたとき、

〈ここが武士の死に際〉

と覚悟を決めたのだろう。

そこまで思案したとき、蔵人をひとつの疑念が襲った。

〈松尾は、腹を切ることで代々引き継いできた家禄を安堵できる、と確信していたのだろうか〉

というものであった。

さいわい、

〈松尾重右衛門は屋敷の門前にて、にわかの発病。手当のかいなく急死いたした。骸は当家より家人に引き渡した。松尾家には何事もなかった。何らお咎めはない。いや、あろうはずがない〉

との松平定信の計らいで、松尾家の家禄は安堵されていた。

松尾は自刃することで、

〈武士の情け〉

にすがろうとした。

もし、武士の情けを持たぬ者がいたとしたら、松尾は死に損。ただの犬死にということになる。

(しょせん、甘え、もたれ合いにすぎぬ)

同じ武士同士、情けをかけてくれる。必ずや助けてくれるに違いないと、はなから計った上での腹切りなのだ。

蔵人は、そう判じた。

（くだらぬ）

と心底おもう。

いわれのない罪に問われ、切腹の座についたことのある蔵人であった。

〈我が命をおのれの手で断つ〉

そう覚悟を決めたとき、

〈見苦しくない、潔い死を遂げる〉

ことのみを考えた。そこには家禄の安堵など、私利私欲の入る余地は一切なかった。

〈いかに生きたか〉

のみをおもい、

〈死するときに何の悔いもないか〉

ただそれだけを探った。

数え切れないほどの悔いがあった。

次に来たものは、

〈精一杯、生きたか〉

との、おのれへの問いかけであった。

生きた、といえば嘘をつくことになる。蔵人は思案しつづけ、

〈今、この瞬間、命を燃やす。そのことあるのみ。過去も、未来も、しょせん、おのが手に掴みとることのできぬ幻影にすぎぬ〉

とのおもいに達した。

〈死も生も、ただ表と裏の、一対をなすことにすぎないのだ〉

そう気づいた瞬間、蔵人のこころから、あらゆることへの未練が消えた。

不思議なほどの安らぎが、こころに宿っていた。

だからこそ、介錯人をつとめた長谷川平蔵が、蔵人の手にした腹切刀を大刀で叩きおとしたとき、あくまでも腹を切ろうと腹切刀を掴み取ろうと動いたのだ。

平蔵は、さらに腹切刀をはじき飛ばした。

〈武士の情けを知らぬ所業。武士らしい死に場所を得たのだ。なぜ、このまま死なせてくれぬ〉

と恨み、憎しみの念を噴き出させたものだった。

すべてが、蔵人の命を永らえさせ、裏火盗という務めを与えるための計らいだと知ったとき、

〈新たな命を得た。武士として、誇れる死に場所を与えてもらったのだ〉

悪を退治する務めに命を燃やしたものだった。

が、切腹を覚悟したときに得た安らぎは、裏火盗の頭領として務めはじめてからは、こころの一隅へ、いつのまにか押しやってしまった。忘却の彼方へ追いやった、といってもいい。

蔵人は、おのれが腹切るときと、松尾重右衛門のそれを無意識のうちに比べていた。

蔵人は、腹切る場所として、松尾が松平定信の屋敷の門前を選んだことを、いまは、

〈これみよがしの、計算ずくの仕掛け〉

とみていた。

松平定信へ遺した書付は、

〈ただの私怨を記したもの〉

と断じていた。

松尾は腹を切ることで、不覚にも盗っ人に忍び込まれ奪われた、御神君より拝領の品の検分をも免れようと計った。書状に、定信への批判と拝領品を盗み出さ

れたことを書きたてることで、定信に、

「難題を押しつけたのかもしれぬ」

と省みるこころを起こさせ、拝領の品検分をやめさせようとした、と推量していた。

〈冷たい見方だ〉

とほとんどの者が批判するに違いない。

が、蔵人は、

〈そのもたれ合い、甘えがすべてを曖昧なものにかたちづくって、悪の芽をはぐくむことにつながるのだ〉

と判じ、

〈事の理非曲直はあきらかにし、糺すべきは糺して、情けをかけるべきときにはかけることこそが大事〉

と考えた。

それは、つねづね、おのがこころに言い聞かせている、決して揺らぐことのない、信条、でもあった。

蔵人はすすまぬ探索に思考をもどした。

（向後どうする？）

よい手立ては見いだせなかった。

このまま粘り強くすすめるしかない、と思い直した。

そのとき……。

仁七が声をかけてきた。

「旦那、きやしたぜ。みるからに大身旗本の家来といった風体の武士がふたり」

蔵人は起き上がった。

障子窓のそばに寄る。隙間からのぞいた。

ふたり、いた。

店の前に立ち、風貴堂の奥を窺っている。顔を見合わせ、ことばを交わした。

なかに入るのを躊躇しているようにおもえた。

やがて、意を決したか、ふたり並んで入っていった。

「旦那、つけやしょうか」

「そうしてくれ。おれは、このまま張り込みをつづける」

「外で、ふたりが出てくるのを待ちやす」

仁七が身軽に立ち上がった。

橋屋の店先へ仁七が出てきた。左へ折れて、町家の蔭へ消えた。

やがて……。

ふたりの武士が風貴堂から出てきた。そのまま右へ折れて、来たのとは逆の方角へ歩いていった。

蔵人は、細めに開けた障子窓から武士たちを凝(じ)っと見つめていた。

遅れること十数歩、仁七が現れた。ちらり、と蔵人のいる橋屋の二階を見上げた。顔をもどし、武士たちのあとをつけはじめた。

(見事なものだ)

ふたりの武士の歩く速さと、仁七のそれがほとんど同じだった。

(あれなら尾行に気づかれることはあるまい)

蔵人は再び風貴堂の店先に目を据えた。

四

橋屋は不忍池(しのばずのいけ)沿いの茶屋と裏手で接していた。風貴堂同様、一本奥に入った裏通りに面している。

三味線の音に合わせて、芸者が唄っているのであろう、いい声の常磐津(ときわず)が流れてくる。

蔵人は障子窓脇の壁に背をもたせかけ、目を閉じていた。風貴堂は暮六つ（午後六時）に店を閉じた。仁七が尾行していった武士たちが引き上げてからは、大身旗本の家来らしき者は誰ひとり、やってこなかった。

東叡山寛永寺(とうえいざんかんえいじ)の鐘が五つ（午後八時）を告げたばかりだった。仁七は、まだもどっていなかった。尾行をつづけて、おそらく屋敷までつけていったに違いない。

蔵人は夕餉を食していなかった。仁七が、腹をすかせて帰ってくるはずであった。

（共に食べよう）

とおもい、待っているのだった。

小半刻（三十分）もたたぬうちに仁七が姿を現した。

座敷に入るなり、にやり、とした。

「旦那、連中、どこへ引き上げたとおもいやす」

「書付に名が記されていた旗本の屋敷か」

「図星で」

「そうか。ついに出会ったか、手がかりに」

「これからどうしやす」

「明日からあの武士たちを張り込む。橘屋は今夜が最後、豪勢とはいかぬが美味いものでも喰って、明朝、武士たちが引き上げた旗本屋敷へ向かうとするか」

「江戸一番の盛り場といわれる、不忍池から下谷広小路あたりの料理茶屋の味、商売柄、舌の修業になりやす。張り込んでいる間に食べた料理の数々、なかなかのものでございました」

「此度の張り込み、仁七にとっては無駄ではなかったということか」

「へい。すぐにも料理を頼んでまいりやす」

仁七が立ち上がった。

翌朝早く、神田駿河台にある旗本一千石須崎慶太郎の屋敷前に蔵人と仁七の姿があった。

蔵人は深編笠に小袖の着流しといった、旗本の忍び姿ともみえる出で立ちであ

った。表門を見張れるところに座りこみ、筆を動かしている。景色を描いている
としかみえなかった。仁七は控えて、付き添いの小者といった様子で地面に広げ
た風呂敷に置いた絵筆などを並べなおしたりしている。
須崎家は御神君から拝領した、豊太閤ゆかりの千鳥の香炉と名付けられた品を、
家宝としていた。
定信から、
「千鳥の香炉を検分したい」
と申し入れられた須崎慶太郎は、
〈御老中首座の御屋敷には、当主慶太郎自ら参上せねば礼を失する。一日も早く
お伺いし千鳥の香炉を披露、検分していただかねばならぬが、なにぶん急な病に
かかり動くもままならぬ有様。躰が回復次第参りますので、暫時お待ちくだされ
たく〉
との趣旨の書状を使いの者に託し、定信に届けていた。
その後、定信からの再三の催促にも、
〈病のほどがおもわしくなく〉
と同じ理由をつけ、すでに二ヶ月余も過ぎ去っていた。

「盗まれたのか、壊してすでにないのか。検分を拒む理由がはっきりせぬ」
と定信が話していた、という。
家来ふたりが、持ち込まれれば盗品とわかる古董も買いとる、との噂のある風貴堂を訪れたということは、
〈盗まれた〉
ということを裏付ける動きではないのか、と蔵人は推し量っていた。
蔵人は、
〈問うても素直に応えてはくれまい〉
と判じていた。
聞き出す手立てについて思案した。結句、
〈捕らえて、どこぞの荒れ寺へでも連れ込み、責めにかけ、聞き出す〉
と腹をくくった。
荒れ寺については心当たりがあった。下谷通新町(とおりしんまち)に、十数年前に住職が盗っ人に殺され、
〈幽霊が出る〉
との噂が立って、そのまま捨て置かれた寺があった。

青宗寺（せいそうじ）、という。

木村たち裏火盗の面々に、

「捕らえた者を責めにかけるところが必要となろう。聞き込みに出た折りに見つけ出しておくように」

と命じ、使えるところを選び出しておいたうちのひとつだった。

蔵人が絵筆を動かしだして、さほどの時間もたたぬうちに須崎屋敷の表門の潜り口から、家来たちが出てきた。十人はいるだろうか。そのなかに風貴堂にやってきた、ふたりの姿もあった。

仁七がさりげなく風呂敷に画材を包み込んだ。画材といっても、紙に数本の筆などわずかな数だった。くるくると風呂敷をちいさくまるめて懐に入れた。

家来たちは蔵人たちに気づくこともなく、ふたり一組となって散っていった。

蔵人と仁七は風貴堂でみかけたふたりの後を追った。

ふたりは昌平橋（しょうへいばし）を渡り右へ折れた。神田明神下の井坂屋へ向かうかとおもったら、そのまま神田川沿いにすすんでいった。

佐久間町(さくまちょう)で質屋へ立ち寄った。

おそらく千鳥の香炉らしき品が質入れされたかどうか、たずねるのだろう。

蔵人たちは町家の蔭に立ち、待った。

家来たちはすぐ出てきた。

「あの様子では手がかりはなかったようだな」

蔵人が仁七にいった。

「どうやら今日は質屋めぐりをするつもりとみやしたが」

「しばらく付き合うしかあるまいよ」

「つけつづける。そういうことですかい」

「いや。人気(ひとけ)のないところで襲うつもりさ」

「襲う。何のために」

「家来たちの様子からみて、千鳥の香炉は盗まれた、とみるべきだ。盗まれたときのことを聞きだそうとおもってな」

仁七が、にやり、とした。

「盗っ人がからんでいるとしたら、盗みの手口がわかりゃ、どこのだれの仕業か、わかるかもしれねえ。そういうことですね」

蔵人が、うなずいた。

「盗っ人それぞれに、やり口の癖に似たものがある、といっていたではないか。だれの仕業か見当がつけば、それが手がかりのひとつになる」

「わかりやした。あっしがやってる船宿水月のある平右衛門町は間近。小船の手配はすぐつきやすぜ。武士ひとり拐かして、どこか閉じこめるところへ運ぶにも船の方が何かと好都合だ」

蔵人が苦笑いした。

「襲撃の催促とは恐れ入るな」

「このまま質屋めぐりに付き合うのも、馬鹿馬鹿しい気がしやしてね」

仁七が癖の、唇を歪める薄ら笑いを浮かべた。雁金の仁七と二つ名で呼ばれたころを彷彿とさせる、潜んでいる凶悪さを剝き出しにする顔つきでもあった。

「ふたりが佐久間町河岸あたりにさしかかったら、仕掛けるとするか」

蔵人が不敵に笑った。

佐久間町河岸の、神田川沿いの通りをふたりがゆっくりと歩いていく。後ろから急ぎ足で来た深編笠の浪人の差料の鞘が、追い抜くときに、家来のひとりがさした刀の鞘にぶつかった。

浪人が立ち止まって振り向いた。家来たちも足を止めた。

「あやまれ。刀は武士の魂。その魂をおさめた鞘に鞘をぶつけたまま一言の挨拶もなく立ち去るつもりか」

尊大な物言いだった。

「追い抜きざま、ぶつけたはおぬしであろう。筋違いもはなはだしい」

家来のひとりが声を荒らげた。

「ほう。喧嘩を売る気か。相手になる」

浪人が刀を抜いた。

「おのれ、いきなり刃物沙汰とは無法な」

「何の遺恨だ。許さぬ」

ほとんど同時に怒声を発して、家来たちが大刀を抜き連れた。

「行くぞ」

浪人が下段から斬りかかった。

勝負は一瞬のうちに決した。

踏み込みざまひとりの脇胴を打ち、返す刀で、残るひとりの肩を袈裟懸けに打ち据えていた。

不思議なことに、斬られたとみえたふたりから、血飛沫はあがらなかった。脇胴を打たれた方は大きく呻いて気を失い、通りに崩れ落ちた。袈裟懸けに打ち据えられた家来は肩を押さえて、うずくまった。

浪人は、目にも止まらぬ早業で、脇胴を打つ間際に刀を峰にかえしていたのだった。

刀をおさめた浪人は片膝をつき、気絶した家来を抱き起こして肩に担いだ。立ち上がって、激痛に顔を歪める肩を打たれた家来を見下ろした。

「いずこの家臣か、この者から聞きだし、近々、人質と引き替えに迷惑料をいただきに伺う所存。そのこと、おぬしらの主君につたえておくことだ」

「無念」

武士が呻いて、浪人を睨みつけた。深編笠の下からのぞいた顔は、結城蔵人のものであった。

「命はとらぬ。そのことだけは約束しておく」

言い捨て蔵人は背を向けた。

その前方に走り去る人影があった。仁七だった。いそぎ水月にもどり、店の船着場に舫ってある猪牙舟に乗り込んで、神田川に漕ぎ出すのであろう。

落ち合う場所は左衛門河岸寄りの新シ橋のたもと、と決めてあった。蔵人は気を失ったままの武士を軽々と肩に担ぎ、悠然と歩をすすめた。


仁七と落ち合った蔵人は、河岸道からは目隠しとなる、新シ橋の橋脚のそばに猪牙舟を寄せさせた。いまだ正気づかぬ須崎家の家来に猿轡を嚙ませ、後ろ手にしばりあげて船板に横たえた。用意させておいた筵をかぶせる。

仁七の操る猪牙舟は神田川を下って大川へ出た。流れに逆らってのぼり、山谷堀へ入った。行く先は下谷通新町の青宗寺であった。

大川の水面をかすめて多数の浜千鳥が舞っている。猪牙舟と戯れるように、しばらくついてきていたが飽きたのか、いきあった荷を積んだ小船に興味を移して飛び去っていった。

晴れた日がつづいているせいか川の水が澄んでいる。鮒であろうか、泳いでいる姿がはっきりとみえた。

蔵人は川面から船板に視線を流した。筵がめくれて、足袋をはいた家来の足がのぞいていた。

これから仕掛からねばならぬことを考えると気が重かった。

責める相手は悪人ではなかった。御家大事、と務める微禄の者であった。

（下手に忠義立てして妙な頑張りをせねばよいが）

蔵人は、責める手立てを思案しはじめた。生涯残る傷跡をつけてはならなかった。せいぜい痣（あざ）が残る程度の拷問ですませたかった。

蔵人は、おもいつくかぎりの責めの手口を考えつづけた。

五

仁七は猪牙舟を土手につけた。正気づくと何かと面倒と判じた蔵人は、家来に当身を喰らわせ、かけておいた筵にくるんで肩に担いだ。猪牙舟から降り立つ。青宗寺へ向かって足をすすめた。仁七は、猪牙舟を舫うのに適当な岸辺を見つけるため山谷堀を上流へ漕ぎ去った。

青宗寺は田畑の広がる一帯にあった。手入れされぬまま放置された雑木が生い茂り、目隠しの役目を十分に果たしていた。

畳はすでに朽ち果て一隅に積み重ねられ、床板が剝き出しになっていた。荒れ果てていたが寺の本堂のなかは、さほど汚れてはいなかった。相次ぐ飢饉で故郷を捨てる農民が多数いた。無宿人となって江戸へ流れ込んだ者たちが一夜の宿がわりに使っていたのかもしれない。

蔵人は家来の両足首を縛り、目隠しをした。すでに後ろ手に縛り上げてある。躰の自由を奪われ、目も見えぬ、となったら、恐怖心がつねより大きくなる、とみていた。

〈どこにいるかわからぬ。相手もみえぬ。何をされるかわからぬ〉

胸中で家来はあらゆることを推量するだろう。が、それは、

〈暗がりから牛を引き出す〉

の譬えにあるように、何が何やら見当がつかないまま、じわじわと追い詰められた心境に陥っていく流れにはまることなのだ。

家来を抱え起こした蔵人は後ろへまわり活を入れた。

大きく呻いて気づいたものの、まだ頭がはっきりしないのか、小さく頭を振った。

やがて……。

動きを止めた。小首を傾げて気配を探った。

置かれている有様を覚ったのか、家来が身を固くして声の方を振り向いた。

「聞きたいことがある。素直に話せば命はとらぬ」

片膝をついて家来の猿轡をはずした。自由になった口から高ぶった声が発せられた。

「その声は、喧嘩を売ってきた深編笠の浪人。端から仕組んだのだな」

「わかったか」

「目隠しをとれ。顔を見せぬとは卑怯だぞ」

「卑怯？　笑わせるな。不意打ちを仕掛けたわけではない。堂々の勝負を挑んで倒したのだ。峰打ちだから命をながらえているものの、真剣ならばすでにあの世にいっている」

家来は、低く唸って黙り込んだ。

足音がした。

振り向くと壊れ落ちた扉のむこう、境内に浅く腰を屈めた仁七がいた。向きを変えて、警戒するべく身構えた。

突然……。

家来が立ち上がろうとした。動きがままならず、半身を起こしたところで横倒しに倒れた。

その背中を蔵人が踏みつけた。

「両の足首を縛られたまま逃げられるとおもったか、愚か者め」

足に力をこめた。

痛みに耐えかねて苦悶の声をあげた。

「訊く。須崎家の家宝、千鳥の香炉はどこにある」

「知らぬ」

「素直に話す気はなさそうだな」

蔵人が大刀を抜いた。

その気配に躰をぴくりと動かした。不吉な予感に怯えた、とみえた。

蔵人が横向きになった家来の喉脇に大刀を置いた。峰を膚につける。

冷え切った鉄の感触に、家来が小さく悲鳴をあげ身を竦めた。

「どうだ、刀の峰の味わいは。少しは頭が冷えたであろうが」

刀身から遠ざかろうと懸命にもがいた。

「暴れるな。下手に動くと踏みつけた足が揺れて、峰をあてていたつもりが刃を返してしまうかもしれぬぞ」

　動きを止めたのを見極めて、さらにことばを重ねた。

「いっておくがこの刀はよく切れる。手入れが行き届いているでな」

　息を詰めたまま動こうとしなかった。

「もう一度訊く。千鳥の香炉は、どこにある」

「おぬし、何者だ？」

「ほう。おれの正体を探る元気が残っていたか。責めがいがあるというものだ」

　再び躰を固めて黙り込んだ。

「だんまりは通じぬ」

　蔵人は家来の喉に強く刀の峰を押しつけた。

　悲鳴をあげた。

「おれは盗っ人だ。千鳥の香炉がどうしても欲しい。どこにあるか話せ」

「知らぬ。盗まれたのだ」

「話す気になったか。盗まれたときの様子を聞きたい」

「懐紙が一枚置いてあった」

「どこに置いてあったのだ」

「蔵の、千鳥の香炉が置いてあったところにだ。白い懐紙が一枚だけ、ここに千鳥の香炉があった。盗ませてもらった、といわんばかりに置いてあった」

「白い懐紙が、一枚……」

盗っ人の仕業であることは、たしかであった。白い懐紙が何を意味するのか、咄嗟には判じかねた。

「盗っ人に忍び込まれたのに気づかぬとは、大身の旗本家として不覚も甚だしい。恥ずべきことではないのか。夜中、見廻る者も手配りされてはいなかったのか」

「御家の内証はそれほど豊かではない。何事もない安穏の日々がつづいている。警戒を深める事情など、どこにもみあたらぬ」

「日々平安。戦うことが務めであった戦国武士ならともかく、今の世ではもはや腰の刀も家来にとって無用の長物と化したとみゆるな」

顔を上げた家来が、不意に叫んだ。

「話す。もっと話す。命だけはとらないでくれ。頼む。死にたくない」

「武士らしく真剣で勝負をするか」

怯えたように顔を横に振った。

「いやだ。おれは剣の修行が嫌いだった。竹刀を手にしたのも道場に通ったときだけだ。刀を抜いたのは此度がはじめてだった」

「おれに斬ってかかってきたではないか」

「人目があった。先に刀を抜かれては応じぬわけにはいかぬ。身共は武士だ。体面がある。武士は武士らしくふるまってこそ、武士でいられるのだ」

聞いていて蔵人は馬鹿馬鹿しくなった。大身の旗本の子息や家来は、それなりの修行を強いられる。ましてや家督を継ぐ嫡子は、厳しく訓育されることが多かった。

が、厳しい修行を嫌って、道場へ行く振りをして岡場所通いをしていた、大身旗本の嫡男たちを何人も知っている。

「髷でも斬るか」

「勘弁してくれ。外を歩けなくなる。頼む」

いまにも泣き出すのではないか、とおもったほどの震え声だった。

あまりの意気地なさに呆れ果てた。

「最後にひとつ、訊く」

「何でも、訊いてくれ」

「千鳥の香炉が盗み出されたのは、いつのことだ」

「盗みだされたのがいつかはわからぬ。気づいたのは二月前だ。千鳥の香炉をみたい、というお方がいた。それで、蔵をのぞいた。そんなことでもないかぎり蔵などあらためぬ。掃除も一年に一度やるかやらぬかなのだ」

二月前ということになると、松平定信が須崎慶太郎に、

〈御神君より拝領の、千鳥の香炉を検分いたしたく……〉

と申し入れた頃合いだった。

「死にたくない。頼む。許してくれ」

額を床板にすりつけた。

「命はいらぬ。刀が汚れるわ」

半ば本気でそう吐き捨てた蔵人は、肩に峰打ちをくれた。

大きく呻いてのけぞった家来は気を失い、顔を床板に押しつけた。

手と足首を縛った縄を切って刀を鞘におさめた。

このまま放置しておけば、やがて正気づいて目隠しをとり、須崎の屋敷へもどるはずであった。

「仁七、引き上げるぞ」

境内に向かって声をかけた。

山谷堀を一艘の猪牙舟が下っている。櫓を操るのは仁七であった。舳先寄りに腕を組んで坐った蔵人が、前方を見据えたまま告げた。

「水月へもどり猪牙舟を舫ったら、少し休め」

「旦那は」

「神田明神下へ出向き、新九郎と吉蔵に井坂屋の張り込みを終えるようにつたえてくる」

「旦那の顔つきから、手がかりがつかめたんじゃねえかとおもってやしたが、やはり」

「つかめたような、そうでないような。仁七と吉蔵の知恵を借りねばならぬ」

「あっしにできることなら何なりと役にたちますぜ。そうそう」

微笑んで、つづけた。

「橘屋で出された料理をもとにおもいついた菜がありやす。つくっておきますんで新九郎さんや無言のお頭、じゃねえ吉蔵親分と一緒にめしを食いにもどってきてくだせえ」

「頼む。みんな喜ぶだろう」

「腕によりをかけてつくりやすぜ」

櫓を漕ぐ手に力をこめた。

山谷堀ぞいに広がる田畑の向こうに、葦簀張りの茶店が建ちならぶ日本堤がみえた。辻駕籠が行き交っている。ほとんどの辻駕籠が吉原へ向かっていた。

町人たちがぶらぶらと歩いている。羽織袴の武士の姿も見受けられた。昼日中だというのに、頬隠し頭巾をして顔を隠している。

蔵人は、

「体面がある。武士は武士らしくふるまってこそ、武士でいられるのだ」

そう必死に叫んだ、須崎家の家来のことをおもいだした。

「体面か」

蔵人は、つぶやいた。

（くだらぬこと）

だとおもう。

ふと湧いたおもいがあった。

（武士らしく死にたい。武士としての死に場所を得たい。そう切望し、心がける武士が何人いるだろうか）

蔵人は目を閉じた。

長谷川平蔵の顔が浮かんだ。つづいて松平定信の顔が浮いた。

定信は平蔵を嫌っていた。

〈おのれだけが町の事情に通じておるとのしたり顔、気にいらぬ。わしも信ずるに足る者に町々を歩かせ『よしの冊子』なる書をまとめさせて、精読しておる。町の内情、知らぬわけではない〉

と蔭でいっているとの噂を耳にしていた。

唐突に……。

仁七と吉蔵の顔が、新九郎や大林多聞らの顔が脳裏をめぐった。

（心意気の有る無し。おのがおもいを貫く、決してゆるがぬ覚悟の存否。身分にかかわりなく、死に際を極めるために生き抜く方策とは、それらをつねに忘れぬとの、強い意識を持ち続けることに尽きるのかもしれぬ）

蔵人は、凝然と前方を見据えた。

無数の千鳥が飛び交っていた。水面近くへ下りては高々と舞い上がる。相次いで同じ仕草を繰り返した。群れて踊る、祭りの踊り手たちのようにもみえた。細かい波紋が陽光に映えて、陽炎（かげろう）の煌（きら）めきを発していた。

第二章　潜没

一

神田川の川面に映えた半月が、流れにまかせて揺らいでいる。猪牙舟が一艘、その月を崩して、大川へくだっていった。

いつも長谷川平蔵と会うときに通される、船宿水月の二階の座敷に蔵人はいた。窓辺に坐り、障子をわずかに開けて水面に目を置いている。

旗本須崎慶太郎の家来は、

〈千鳥の香炉がしまってあったところに、白い懐紙が一枚置いてあった〉

といっていた。

盗んだ品のかわりに一枚の白い懐紙を置いておく。あきらかに盗っ人が自分の仕事とみせつけるために為したことに違いなかった。

盗っ人どもの手口にくわしい吉蔵や仁七に聞けば、どこの誰の仕業か、わかるかもしれない。が、それは須崎家に押し入った盗っ人にあてはまるだけのことであった。

（ひとつだけで、すべてを推し量るわけにはいかぬ）

蔵人は、検分に応じぬ他の旗本たちも、拝領の品を盗み出されたと推断していた。何らかの手立てを講じて、旗本たちが拝領の品を盗まれたときの有様を、知らねばならなかった。

（どうすれば、そのことを知りうるか）

思案を重ねた。裏火盗の手の者だけで仕遂げる手立てはおもいつかなかった。

川面に浮かぶ月の揺らぎに似て、思考もゆらゆらと定まらないまま、時だけが過ぎ去っていた。

階段を上ってくる足音がした。やがて廊下を踏む音に変わり、戸襖の前で途切れた。

「旦那、入らせていただきやす」

呼びかける声がした。吉蔵のようだった。

戸襖が開き、新九郎が入ってきて蔵人と向き合って坐った。つづいた吉蔵が閉めた戸襖の近くに坐した。

「迎えに出てきた仁七が、肴をできるだけ早く仕上げます、といっておりやした」

「そうか。楽しみなことだ」

微笑んだ蔵人に新九郎が、

「井坂屋には旗本の郎党らしき者は、誰一人現れませんでした」

硬い顔つきで復申した。

「須崎という旗本の家から盗み出された、千鳥の香炉のあったところに、白い懐紙が一枚置かれていた。気づかれることなく盗み出したのを誇らしげに示すやり方。このような手口の盗っ人に心当たりはないか」

「おそらく黒姫の徳兵衛じゃねえかと」

「黒姫の徳兵衛?」

「独り盗みをつづけている大盗っ人でして」

「吉蔵が大盗っ人、というからには犯さず、殺さずを貫いた者とみゆるな」

「黒姫の徳兵衛は、あっしとそう変わらない年頃だとおもいやすが、身の回りのことは詳しくは知りません。何せ盗っ人のこと、どこまでがほんとで、どこまでが与太話か、見当がつきやせん」

「独りで盗みをやる。それなりの信条があるとみたが」

「黒姫の徳兵衛は、もっぱら香炉など小ぶりな古董を盗み出しておりやす。銭はせいぜい懐に入る封印付きの小判をふたつぐらい盗む程度で、蔵の中に千両箱が山と積まれていても手を出すことはございません」

「手間暇かけて家の様子など調べ上げ、忍び入るのであろうに欲のないことだ」

「あっしは二度ほど黒姫の徳兵衛と同じ盗っ人宿に泊まったことがありやす。引き合わす盗っ人のお頭がおりやして、ことばもかわしやした。家人に気づかれることなく忍び入って狙った品を盗み出す。その瞬間の心地よさを忘れられねえ、といっておりやした」

「それで盗みに入る、というのか」

「へい。何せ変わった野郎で。誰かと組むとてめえの勝手が通せねえ。分け前だなんのと面倒くさいし、ひとりで手に余ることはやらねえことにしている。盗みは楽しみだと」

「盗みは楽しみ、か」

うむ、と顎を引いて、蔵人がつづけた。

「黒姫の徳兵衛の行方、たぐらねばならぬな」

「明日にも、巳之吉を訪ねて聞き込みをかけてきやす」

「頼む」

視線を移していった。

「新九郎、明日は柴田と代わってくれ。柴田には公儀御文庫へ出向いて調べ物をしてもらう」

「承知。これより立ち帰って、その旨、柴田さんに」

脇に置いた大刀に手をのばした。

手をあげて制した蔵人が、

「急がずともよい。仁七が折角、腕によりをかけて肴をつくってくれているのだ。たまにはのんびりするものだ」

「それでは、おことばに甘えます」

新九郎が坐り直した。

小半刻（三十分）ほどして、仁七がお苑とともに酒と肴を運んできて、飯台にならべた。

お苑は仁七の女房同然の女で、探索で水月を留守にしているときは女将として店を切り盛りしている。

肴を運び終え、

「何かあったら声をかけてくださいな」

と笑みを含んでいい、座敷から出て行った。

「無礼講でいこう。四方に坐って勝手にやろう」

徳利を手にとって蔵人がいった。

「あっしは酒を運んだりしやすんで」

と仁七が戸襖寄りに坐った。

自然、吉蔵が蔵人の右隣に坐ることになった。

吉蔵が箸(はし)を手にした。お造りのなかの敲(たた)きをとり、口に運ぶ。

「美味い」

と頬をゆるめた。

「初鰹でさ。活きのいいのを、出入りの棒手振(ぼてふ)りの魚屋がもってきてくれやして、それでさっそく」

「初鰹とは旬の走りではないか。めったに口に入らぬ」

新九郎が箸をのばした。

その後は、四人が黙々と肴を平らげていった。

一刻（二時間）ほどの宴だった。仁七の心づくしの菜を、たっぷりと味わった蔵人たちだったが、徳利が空くことはなかった。猪口に一、二杯といったところで酒が止まった。務めをおもうと深酒をする気にはならなかった。

帰りしなに蔵人が告げた。

「水月でつなぎがとれるよう手配りしておいてくれれば、当分の間、気儘にしていい。明日、長谷川様と会わねばならぬ。その後、どう動くかわからぬ。火急のことがあれば帰りに寄る」

「わかりやした」

仁七が浅く腰を屈めた。

浅草田圃近くの柴田らの住まう家に立ち寄った蔵人は、

「明朝、六つすぎにおれの住まいへ来てくれ。共に清水門外の火盗改メの役宅へ向かい、相田殿とともに公儀御文庫へ出向いてもらう。御老中首座の検分を、言を左右にして引きのばしている旗本たちの、御神君より拝領した品々が、どのような由緒のものか調べてきてくれ。聞き込みは新九郎とかわってくれ」

「それぞれの品の由緒、御神君の手に入る前にどこのだれが所有していたものか、など出来うる限り詳らかに調べてきます」

柴田が顎を引いた。

「柴田さんと聞き込みの引き継ぎをして、引き上げます」

「そうしてくれ」

横から新九郎がいったのをしおに、蔵人は腰を上げた。


住まいへ向かった蔵人は、鳴り始めた九つ（午前零時）を告げる鐘の音に足をとめた。おそらく金龍山浅草寺で撞く鐘であろう。

――吉原は拍子木までがうそをつき
と川柳によまれているように、今頃、吉原の警戒にあたるため町奉行所の隠密廻りの与力、同心、その手下たちが出張っている面番所では、小者たちが四つ（午後十時）を告げる拍子木を打っているはずであった。

法度では、吉原においては、四つの拍子木で遊女の張見世の商いを終える、と定められていた。

〈それでは張見世を開いている間が短すぎて、稼業が成り立ちませせぬ〉

と訴える吉原の楼主たちと面番所の与力たちが話し合い、

〈浅草寺の鐘が四つを告げても拍子木を打たず、九つの鐘の音を聞いてから四つの拍子木を打ち、さらにつづけて、折り返すように九つの拍子木を打つ〉

と決められた。

日本堤に建ちならぶ、吉原通いの男たち相手の葦簀張りの茶店が、店終いの支度にかかっていた。すでに灯りを落とした茶店と茶店の狭間に、ぽつりぽつりと屋台が出ている。蕎麦や寿司など食い物の屋台が多いのは、小腹を空かせて吉原から引き上げてくる男たちの懐を狙ってのことだろう。

日本堤の向こうに、夜空がほのかに明るく見える一画があった。吉原の燈火がいまだに灯っている証とおもえた。

天明の大飢饉以来、生まれ在所を捨て江戸へ流れ込んだ無宿人が多数いた。一日一度の食にもありつけぬ者たちが腹を空かせて町をさ迷っている。長谷川平蔵が松平定信に建言し、石川島に創設した人足寄場は、それら無宿者たちの手に大工などの職を教え込んで世に出してやる、いわば自立のための場であった。

平蔵が、

〈幕府の財政は逼迫している〉

との理由から満足な資金も与えられず、銭相場などに手を出し、細かく利を得ては人足寄場の運営に充てていることを、蔵人は傍から見ていた。

〈日々の銭の相場を知る。並大抵の気配りではあるまい。しかも、わずかの損も許されぬことなのだ〉

捕物の探索に人足寄場の取り扱い。くわえて、資金の不足を埋め合わせる本来の務めからはずれた業務。長谷川平蔵の日々の動きを察するにつけ、蔵人は、頭が下がるおもいでいた。

そんな平蔵を松平定信が、

〈捕物上手であることは認めるが、長谷川の実体は銭相場などに手を染める山師。信用できぬ〉

と評しているとの風聞が聞こえてくる。

〈しょせん生の世間に触れたことのないお人。書物で得た知識だけでは、この世は治められぬ〉

との定信への憤り(いきどお)に似たものが、日々積み重なっていた。

定信の気まぐれが生みだした、

〈御神君拝領の品の検分〉

が松尾重右衛門に腹を切らせた、と蔵人は判じていた。

（旗本たちの動揺をおさめる。そのことにも気を配らねばなるまい）

目線をもどし蔵人は歩き始めた。

二

翌朝、半刻（一時間）ほど日課の胴田貫の打ち振りをした蔵人は、汗を拭い、小袖に袴、袖無し羽織といった、武芸者とみえる出で立ちに着替えて柴田を待った。台所で雪絵が朝餉の支度をしている。

蔵人はやってきた柴田とともに朝餉を食した。根深汁から葱のいい香りが立ち上っている。蔵人は根深汁を好んだ。

「葱の、歯触りがいい」

おもわず声を発した蔵人を、

「畑でとってきたばかりの葱だ、といって病を治してもらったお礼に、近くのお百姓さんが昨日持って来てくれたんですよ」

と雪絵が笑みで見やった。

「採れたてか。うま味が染み出て汁の味が違う」

柴田も、うまそうに喉を鳴らして根深汁を飲んだ。

一刻（二時間）後、蔵人は火付盗賊改方の役宅の奥の座敷で、平蔵と向かい合っていた。すでに同心の相田倫太郎の住まう長屋は訪ねていた。柴田と共に公儀御文庫に出向き、検分を渋る旗本たちの家につたわる、御神君より拝領の品々の来歴を調べてくれるよう依頼してある。裏火盗は、あくまでも蔭の組織であった。御上の支配下にある公儀御文庫などを利するときには、火盗改メの公の顔を借りる必要があった。

もっとも相田倫太郎は大の蔵人好きで、

「結城さんの元で働かせてもらえないか」

などと直訴し、平蔵に、

「まだまだ子供だ。組織の成り立ち、世の筋道など、よくわきまえておらぬ。気持のおもむくままに動く。そこが、相田のいいところでもあるがな」

と苦笑いを浮かべさせること、しばしばだった。

ふたりに公儀御文庫での探索の段取りの話し合いをまかせ、蔵人は平蔵の待つ座敷へ向かった。

小袖を着流した、くつろいだ姿の平蔵は話を聞き終わり、

「蔵人のいうとおり事をすすめた方がよかろう。人の口に戸は立てられぬ。松尾重右衛門が切腹したこと、いずれは旗本たちの間に知れ渡るはず。その前に手を打つべきだと、わしもおもう」

「では、これより御老中首座の御屋敷へ」

「共に参ろう。今なら御老中首座が御登城なされる前に御屋敷につく。急ぎ支度をととのえる」

身軽に立ち上がった。

登城前に前触れなしにやってきた、平蔵と蔵人の前に現れた定信のこめかみには癇癖の証の青筋がみえた。不機嫌さを露わに座についた定信だったが、

「検分を引きのばす旗本たちも、おそらく松尾重右衛門、須崎慶太郎同様、何者かに拝領の品を盗まれたに相違ありませぬ。まずは盗まれたことを聞き出し、盗っ人がどのような手口で忍び入ったかなど知らねば、探索のやりようがありませぬ。松尾重右衛門が、門前にて御老中首座への恨み言を綴った書状を残し、切腹したことは、いずれ世間に知れ渡るはず。そうなる前に旗本たちに無駄な詮索を

させぬよう手をうつことこそ大事かとおもわれます」

との蔵人のことばに目を閉じ、黙り込んだ。

しばしの沈黙があった。

目を見開いて、

「結城、どうすればよいのじゃ。わしの出来ることは、すべてやるつもりでいる。旗本たちを動揺させてはならぬ」

咄嗟に、よい知恵が浮かばず困り果てていることは、その顔つきから、よくわかった。とかく虚勢を張ることの多い定信にしては、珍しいことであった。

「検めた松尾重右衛門の、十文字に腹切った、見事なまでの死に様が瞼に焼きついているのだ。目を閉じると血に染まった白装束の、腹に突きたった腹切刀の鈍い光が忘れられぬ」

溜め息まじりに定信がいった。

やる必要のない、御神君拝領の品の検分をにわかにおもいたったのは、定信なのだ。松尾を自刃に追い込んだ元凶であることはあきらかだった。

定信が溜め息をついた。

「よい知恵はないか。もはや拝領の品の検分など、どうでもよい。が、一度いいだしたこと、理由もなく覆せぬ。朝令暮改と世間のそしりを招く。老中首座の立場上、それはできぬ。公儀が侮られる因となる」

独り言ともとれることばだった。坐したまま平蔵と蔵人は口を開く気振りすらみせなかった。

重苦しい沈黙が訪れた。

ことばを発したのは、またしても定信だった。

「拝領の品が盗まれていたとなると、このままでは旗本たちを追い詰めることになる。長谷川、知恵をくれい」

頃合いとみたのか平蔵が一膝すすめた。

「これなる結城を御老中首座の代人として、内々の検分をおすすめなさりませ」

定信のこめかみの青筋が際だった。

「検分は、もうよい、と申したではないか」

さらに一膝すすめた平蔵が、

「『もし盗まれたのなら包み隠すことなく申されるがよい。事の次第によっては拝領品の検分、なきことにしてもよい、との御老中首座からのおことばをいただいておる』。検分に出向かせた結城に、そういわせるのでございます」

定信が身を乗りだした。

「余が、結城を検分の代人として差し向ける、との書付をだせば、すべてふたりで運んでくれる、というのか」

「如何様。ただし、盗まれた有様など詳らかに明かすよう、書き添えていただかねばなりませぬ」

「わかった。すぐにも書付をしたためよう」

「検分を引きのばす、旗本それぞれにあてたものでなければなりませぬ。十通ほどになりまするが」

「右筆に書かせよう。余の手間は名と花押を書き込むだけのことだ。それほどの時間はかからぬ」

「本日より仕掛かる所存。書付を受け取るまでこの場に控えておりまする」

定信が大きく顎を引いた。

定信から、

〈結城蔵人を老中首座の代人と定め……〉

としたためた、十通の封書を受け取った平蔵と蔵人は、向後の段取りを打ち合わせるべく清水門外の役宅へもどった。

奥の座敷で蔵人と向かい合って坐った平蔵は、

「ひとつだけ用をすましたいでな」

とことわり、与力の進藤与一郎を呼び寄せた。

人足寄場の人足たちのなかには、それなりの職を身につけた者も出始めていた。それらの働き口も探してやらねばならない。そのための動きが始まっていた。

参じた進藤に平蔵は、

「人足たちの得手とする職の検分をすすめておいてくれ。人足たちの日頃の務めぶりも寄場詰めの者たちと、今一度、洗い直しておけ。話が終わり次第、わしも人足寄場へ向かう」

と告げた。

「直ちに」

短く応えて進藤が立ち去ったのを見届け、蔵人がいった。

「人足寄場で職人の腕を磨き、巣立つ者が出てきたのですな。創建して一年足らず、やっと寄場をつくった意義を世間に知らしめるときが来た。楽しみです」

「楽しみでもあり、不安でもある。いや、不安の方が勝っているというべきかもしれぬ」

いつになく弱気を含んだ平蔵の声音だった。

わずかの間があった。

ことばを継いだ。

「生まれ育った故郷（くに）を捨て、あてもなく流浪しつづけた、無宿に慣れた者たちだ。ひとつ所にしがみつき、どんな苦労があっても根を下ろすとの、強い心を持ちつづけられるかどうか。そのこと、わしにも、よくみえぬ」

そのとおりだった。寄場の人足といえば、江戸の町人たちからみれば科人（とがにん）である。科人が、そう簡単に受け入れられるとは考えられなかった。

裏長屋の住人のなかには、三度の飯にもありつけない者が多数いた。困窮の果てに江戸へ流れてきて、寄場送りになった者たちを気の毒におもっても、自分らの暮らしを守るのが精一杯で何もしてやれない。それが、ほとんどの町人が置かれている立場であった。

「まだ道の一歩を踏み出したにすぎぬ」

つぶやいた平蔵に、蔵人は発することばを持たなかった。乗り越えねばならぬ茨（いばら）の道が遥か彼方までつづいている。そう感じていた。

「さて、旗本たちをどう扱うか、だ」

口調がつねの平蔵にもどっていた。

「たとえ面倒でも、ひとりひとり手間暇かけて、あたっていくしかありますまい」

「一日でふたり。五日はかかるな」

「五日ですめば上々の首尾。手がかりのひとつは得られるはず」

「誰を先にするかはまかせる」

「承知」

「供をひとり連れていけ。旗本たちのなかには『代人と称して、その実、内情を探りに来た間者かもしれぬ』と勘繰って、胡乱な企みを巡らす者もいるかもしれぬ」

「闇討ちを仕掛けてくるかもしれぬと」

「そうよ。家禄を守るためには切りたくもない腹を切る。それが武士の正体だ。腹を切る勇気がない者は、どんな手立てを講じても、おのれの立場、権益を守ろうとする。何があってもおかしくない。家禄があってこそ武士の体面が保てる。禄を離れれば浪人になるしかない。大小二本の刀を差してはいても、その実体は貧した町人、諸国を流浪することになれば、無宿人とかわらぬことになる」

「心して動きます。腕のたつ安積とふたりで事にあたりまする」

「それがよい。手配りがつき次第、かかってくれ」

「は」

　強く顎を引いた。


　水月の板場に仁七はいた。包丁を手にして肴の仕込みをやっている。顔を出した蔵人に気づいて、いった。

「動くことになりやしたんで」

「新九郎と代わってくれ。今日は十四郎とともに本所南割下水、旗本千百石能瀬長右衛門の屋敷界隈を聞き込んでいる。共に本所へ向かう。その足で能瀬の屋敷へ乗り込む」

「乗り込む？」

　血相が変わった。

「旦那、無茶はいけねえ。いずれ手がかりのひとつぐらい、みつかりまさあ」

「おれも命は大事に使いたい。実はな」

手短に、平蔵と共に定信の屋敷へ行き、探索のため老中首座の代人として旗本屋敷へ乗り込む仕儀にいたった経緯を語って聞かせた。

「旦那が御老中首座の代人にねえ。急に偉くなっちまったような気がして、近寄りにくいや」

「旗本屋敷に乗り込んでいる間だけのことだ。宮仕えの真似事、慣れぬことゆえ、さぞ疲れるだろうとおもって今から気が重い」

微笑んだ。

「違えねえ。やれといわれても、あっしは端からお断りだ。肩が凝りそうでいけねえ」

揶揄する口調でいい、にやり、とした。

本所南割下水の能瀬の屋敷近く、裏門を見張れるあたりに、安積新九郎と神尾十四郎の姿があった。歩み寄ると気配を察して振り向いた。

剣呑な眼差しが、蔵人と仁七を見極めると一気にやわらいだ。

「御頭」

と新九郎が近寄ってきた。十四郎はそのまま裏門に視線をもどしている。

「中間や出入りの商人に話しかけても、相手にしてもらえませぬ。人の出入りを見張るしか手立てがない有様。表門は閉ざされたきり動きがないので、裏門へ場所を変えたところでした」

「聞き込みの役目、仁七と代わることになる」

「それは」

なぜ、といいかけて、仁七に視線を移した。

「それじゃ、あっしは神尾さんとつるむことにしやす。事の成り行きは話しておきやす」

「そうしてくれ」

浅く腰を屈めて仁七がうなずき、向きを変えた。

「何やら事態が動いたのでございますか」

問いかけてきた新九郎に、蔵人は本所南割下水へ足をのばすに至った流れを話した。

「それでは。これから」

「乗り込むのよ、能瀬の屋敷に。ふたりしてな」

不敵な笑みを浮かべた。

屋敷の表門の前に立った蔵人は物見窓に声をかけた。

「御老中首座よりの内々の使いである。ただちに能瀬殿にお取り次ぎ願いたい。身分を証す封書もたずさえておる。能瀬殿に直々御披見いただくように、との主命である」

あわてて物見窓が開き、

「ただいま門を開けまする」

と門番がいった。

「潜り口でよい。内々の使いと申したはず」

「すぐにも」

物見窓が閉まり、門番所から走り出る音がした。

内側から潜り口が開かれ門番が顔を出した。

「お入りくださいませ。主人からいいつかっております」

「能瀬殿から？」

「はい。近々まいられるはず。そのときは丁重に奥へお通しせよ、と命じられております」

「奥へ通せ、とな」

門番は、

〈近々まいられるはず〉

といった。御老中首座の内々の使いが訪ねてゆくはず、との知らせがあったといわんばかりの口ぶりだった。支配違いの平蔵が知らせるなどありえなかった。

(何か企みがあるとしかおもえぬ)

警戒するに越したことはなかった。さりげなく視線を走らせた。従う新九郎が目で受け止め、小さくうなずいた。鋭い眼差しになっていた。

「案内(あない)していただこう」

潜り口から足を踏み入れた。

三

奥の座敷へ通された蔵人は凝然と坐していた。傍(かたわ)らに新九郎が控えている。

ほどなく能瀬長右衛門が姿を現した。四十半ばであろうか。裃(かみしも)をつけた、今すぐにでも登城するような鯱張(しゃちこば)った出で立ちであった。髑髏(どくろ)に薄い肉を糊付けしたような顔をしている。袖から出た腕は骨と皮だけのやせ細ったものだった。

(これでは大刀を一振りすることもできまい。剣の修行を避けて通ったとしかおもえぬ)

眉を顰めたくなった。武士は、武術の腕をもって主に仕える。蔵人は、そうおもっていた。能瀬は、いまは無役だが、かつては勘定方に配されていた。算盤の腕はたしかなのかもしれない。

戸襖を開け、中腰で入ってきた能瀬は向き合って坐るなり、両手をついた。

「さきほど御老中首座より使者の方がみえられ、先触れの封書をいただいております」

「先触れの封書……」

「御披見なされませ」

懐から封書をとりだし差し出した。

受け取って封を開く。書状を読む蔵人の目が細められた。

〈余の代人を遣わすゆえ、御神君より拝領の品検分のこと、腹蔵なく話し合われたし〉

との文面に日付、定信の署名と花押が墨痕鮮やかに書き記してあった。

おそらく定信が、探索がすみやかにすすむよう、手回しよく封書を使いの者にもたせて旗本たちに届けたのであろう。定信にしては珍しい気の配りようといえた。

書状を封におさめて能瀬に返し、

「身共も御披見いただきたい封書がござる」

懐からとりだし、差し出した。

押し頂いて受け取り、封を開いて書付を読みすすむ顔に安堵が浮いた。

「それでは御老中首座には、御神君より拝領の品を失いしときは、結城様の判断にて検分の儀は取りやめにしてもよい、との御意向でございまするか」

「左様。検分を言を左右にして引きのばされている方々のなかには、すでに拝領の品を盗みとられ、その行方の探索に窮しておられる御家もある、ということがわかったのでござる」

「当家も盗まれたのではないか、と」

「書付にも記されているように、あるなら代人として検分してまいれ、と命じられております。もし無きときは」

突然……。

能瀬が両手をついた。額を畳に擦りつけんばかりに頭を下げた。

「まさしく、これは助け船。御老中首座のお取計らい、武士の情けとただただ感謝致すのみでござりまする。これにて能瀬家は安泰。そうとは知らず、不肖能瀬長右衛門、当家を陥れ、御扶持を召し放つための謀略ではないかと恨みつづけておりました。御老中首座が、これほど温情あるお方とは。日頃の杓子定規な政のすすめようからは、とてもおもいつきませなんだ」

「盗まれたのでござるな。御神君より拝領の品を」

「『淀の月』と名付けられた酒杯でござった」

「淀の月、とな。差し支えなくば来歴などお聞かせ願いたい」

「豊太閤ゆかりの品だと聞いております」

「豊太閤ゆかりの品、と」

「御神君が大坂城へ参じられた折り、豊臣秀吉公とふたりだけで月見の宴を催された由。その宴で用いられたものとつたえられております」

——豊太閤ゆかりの品、淀の月

こころに引っ掛かるものがあった。が、いまは為すべき事があった。

「盗まれたときの有様など教えていただきたい」

「蔵に置いてありました。年に一度の掃除以外は日頃は誰も出入りせぬところ。御老中首座より拝領品検分の封書が届いたので、蔵の鍵を開けたところ」

「鍵はかかっていたのでござるな」

そのときのことを思い出したのか、能瀬が狐につままれたような顔をした。

「左様。鍵は、たしかにかかっていたのでござる。で、なかに入ったところ淀の月が、しまってあった桐の箱ごとなくなっておりました」

「盗まれた、との証は？」

「それが桐の箱のあった場所に、白紙が一枚置いてありました」

「白紙が一枚、とな」

「何やら盗っ人が、自分のやったことと誇示しているような、厭な気分がしたのを今でも思い出します」

躰を震わせ青ざめた。躰だけでなく、こころもひ弱なのだろう。

「蔵の中を見せていただこう」

脇に置いた大刀を手にとった。

能瀬家の蔵には、古びた家財道具が埃をかぶったまま放置されていた。壊れかけた鎧櫃には、直しにださねばとても使い物にはなるまいとしかみえぬ鎧、具足がおさめられていた。

さすがに見かねた蔵人が、

「万が一にも戦が始まったらどうなさる。これでは、とても御上のもとに馳せ参じることはかないませぬぞ」

といわずもがなの一言を発した。

「そのような兆しがあるので」

能瀬が不安を露わにした。

口を利く気も起きなかった。

古董が並べられていたと思われる棚に、一枚の白紙が残されていた。うっすらと埃がみえた。

「盗まれたときのまま、でござるか」

「盗っ人の残したものとおもうと何やら気色悪くて、手も触れぬまま、ほうっておきました」

汚らわしいと言わんばかりに眉を顰めた。

従っていた新九郎が白紙に顔を寄せた。

「埃の溜まり具合からみて、二、三ヶ月は過ぎているかとおもわれますが」

「左様。盗みだされてから」

能瀬が指を折って数えた。

「二月ほどにもなりますか」

二月前というと、須崎慶太郎の屋敷から千鳥の香炉が盗み出された頃合いであった。

無言でうなずいた蔵人は、ぐるりに視線を流した。

床には溲瓶（しびん）が数個、壁際に無造作に置かれていた。

（溲瓶か……）

大身の直参旗本が、御神君拝領の品と溲瓶を同じ蔵の中に置く。そのことに蔵人は驚かされていた。

〈戦国の頃の、質実剛健を貫く武士の世に戻す〉

との松平定信の政が、あながち間違いではないような気がする。

（武士が武士のこころを、魂を忘れ去ったのだ。まさに、武士道、地に落ちたり）

こだわりにすぎぬ、と笑われるかもしれない。が、そのこだわりを捨てることができない蔵人だった。

(人それぞれに望む死に様がある。望む死に様に、限りなく近づくために生き抜くのではないのか。武士道、即ち死ぬことと覚えたり)

との強いおもいがつねにある。

能瀬をしげしげと眺めた。姿形は、たしかに武士であった。が、その本質は、しょせん先祖代々引き継いできた家禄にしか興味のない、小狡く、その場その場を凌いで生きているだけの男であった。

屋敷にとどまっても、もはや得るところは何一つなかった。

「拝領の品、検分のこと、取りやめにいたす。そう御老中首座に復申いたします」

そう告げたとき、能瀬が満面を笑み崩した。

その顔に唾を吐きかけたい衝動を、蔵人は懸命にこらえた。

屋敷を後にした蔵人は、黙々と歩きつづけた。新九郎も口をきこうとはしない。

次に訪ねるは、本所松坂町に住まう、旗本九百五十石山木勘七郎の屋敷であった。

山木の屋敷での調べも、能瀬長右衛門と似たようなものだった。一刻（二時間）たらずで探索を終えた。

御神君より拝領した〈雨夜の梅〉と名付けられた印籠を、入れてあった箱ごと盗まれていた。置かれていた場所に白紙が一枚置かれていた。

ただひとつ、看過できぬ事柄があった。

〈印籠　雨夜の梅〉もまた、豊太閤より御神君へ贈られた品だった。探索の結果、〈千鳥の香炉〉も豊太閤ゆかりの品であることが判明している。

〈千鳥の香炉〉

〈酒杯　淀の月〉

〈印籠　雨夜の梅〉

盗まれた御神君より拝領の三品が、いずれも豊臣家ゆかりのものである、との事実が何を意味するのか。蔵人には判断がつかなかった。

徳川幕府が開府して百数十年余になる。いまさら豊臣家ゆかりの古董を集める者がいるともおもえなかった。しかも旗本家秘蔵の品を盗み出しているのだ。

（御神君より拝領した豊太閤ゆかりの品々に、どれほどの価値があるというのか）

古董について、さほどの知識もない蔵人には、そのことは推し量れなかった。

ただ、

（何やら謀略が蠢いている）

との不吉な予感があった。探索で積み重ねてきた勘、というべきものであろうか。

思案に沈んで中天を見据えた。

貞岸寺裏の住まいへもどった蔵人を待つ者がいた。柴田源之進と相田倫太郎であった。

表戸を開け足を踏み入れた蔵人に気づいて、上がり端に坐していた相田が立ち上がった。

「公儀御文庫で調べましたところ大変なことがわかりましたぞ」

気負い立った物言いであった。

「検分を拒む旗本たちの拝領の品々が豊太閤ゆかりのものであった。そういうことでござるか」

相田が呆気にとられた顔つきとなった。

「ご存じでしたか」

拍子抜けしたように腰を下ろした。

「どこでお知りになりました」

柴田源之進が興味深げに問うてきた。

入ってきた新九郎が代わって応えた。

「御頭の供をして旗本の屋敷を二家、訪ねた。それらの家の拝領の品々が、いずれも豊太閤ゆかりの品だったのだ」

上がり框（かまち）に足をかけた蔵人が、

「細かいことは奥で聞こう」

と歩みをとめることなく向かった。柴田が、相田が、新九郎がつづいた。


復申を聞き終わり、蔵人が腕を組んだ。目を閉じる。沈思するときの、癖ともいうべき所作であった。

柴田たちは黙然と坐している。

しばしの間があった。

目をゆっくりと見開いた。

「なぜ、いま豊太閤ゆかりの古董を盗まねばならぬのか。意とするところが、読めぬ」

誰に聞かせるともなく、つぶやいた。

つづけた。

「残る旗本たちの調べ、急がねばならぬな」

四

大川はおだやかな顔をみせていた。ゆったりと流れていく。時折さざ波が立つだけで水面は鏡のように滑らかだった。

岸辺にのんびりと釣り糸を垂れる男がいた。菅笠をかぶっている。魚籠（びく）には一匹の魚も入っていなかった。もっとも、釣る気もないのか時々肘枕をして横になったりしている。

「昼にするかい」

かけられた声に振り向いた菅笠の下の顔は吉蔵のものだった。

巳之吉が両手にもった竹筒と風呂敷を掲げてみせた。

いまでこそ真崎稲荷（まっさきいなり）近くで茶店を営んでいるが、かつては韋駄天（いだてん）の巳之吉との二つ名を持つ盗っ人であった。人手が足りぬお頭から声がかかれば、仕事にあぶれている盗っ人を斡旋する、闇の口入れ屋としての裏の顔も持っている。

吉蔵とは幼なじみで深いつきあいがつづいていた。

昨日から吉蔵は茶店に泊まり込んでいた。

盗んだ品の置いてあった場所に白い紙一枚置いておく、黒姫の徳兵衛の手口など、お頭たちのさまざまな盗みのやり方を、ぐい飲みで酒をちびり、ちびりとやりながら話し合っているうちに、いつのまにか一升徳利があいていた。うっすらと空も白んでいる。

「少し眠るかい」

と吉蔵が横になった。

「昼すぎに店を開けることにするよ。吉さんが来てくれたんで、どうせ飲み明かすことになるだろうと、今日は手伝いの女も休みにしたのさ」

押し入れからとりだした掻巻を吉蔵にかけてやり、自分のもひっぱり出して、座敷の一隅に横たわった。

そのまま昼近くまで眠った。

「朝をかねた昼飯をつくる間、釣りでもして待っててくんな。風はないし、陽差しもいい。ほどよい温かさだぜ」

そういって巳之吉は、吉蔵に釣り竿に魚籠、釣り餌を渡してくれたものだった。

「手伝わなくていいのかい」

「慣れたことだ。素人にうろうろされちゃ、かえって邪魔なものさ」

と菅笠を頭に載せられて、外へ出された。

もともと釣る気はない。餌もつけずに釣り糸を垂れていたのだった。

巳之吉は吉蔵のそばの草の上に腰をおろした。

川から飛び上がった魚が銀鱗(ぎんりん)を燦(きら)めかせて水中に没した。数匹がつづいた。仲のいいもの同士で遊んでいるように見えた。

「飛ぶんだね、魚も」

「飛ぶんだよ。ときどき、やってる。楽しいんだろうね」

「見てるのかい」

「暇なときはね。ああいうふうに、おもうがままに動けたときがあったな、と溜め息ついたりしてさ」

「おれも同じさ。どうもいけねえ。自分の躰についていけねえ。なんでこんなことができねえんだ。昔は簡単に出来たことなのにって悔しいおもいをしたりしてさ」

「韋駄天がきいてあきれる。いまじゃおれは、のろまの巳之吉さね」

風呂敷包みを開いた。三段重ねの重箱が入っていた。

「豪勢だね。お祭りみてえだ」

吉蔵が笑みをつくった。

「生まれ在所をおもいだすねえ。春の花見のときゃ、いやだった。庄屋の跡取りが下働きに付き添われて三重、四重と重ねた重箱開いて美味そうに食べていたのを指をくわえて見てたっけ」

「おれもそうさ。そのうち、あれよりもっと豪勢なものを喰ってやる。見返してやる、とそうおもって空いた腹を鳴らしていたものさ」

ふっ、と苦い笑いを浮かした。

「あげくの果てが、盗っ人さ。美味いものをたらふく喰って、値の張る小袖を着ても、どうもいけねえ。どうも、こころが晴れねえ。年をとればとるほど、そうなる」

「それで止めちまったのかい、盗っ人を」

「お陰で気が楽になったぜ」

「もったいねえ。無言の吉蔵といや、殺さず、犯さずを貫いて正道を歩いた大親分だ。おれは噂を聞く度に『あいつは、吉さんは、おれの幼なじみなんだぜ。一緒に柿泥棒した仲よ』と自慢の種にしたもんだ、わざと親しげに名を呼んでよ」

「埒もねえ。恥ずかしいかぎりよ」

水音をたてて魚が飛び上がった。没する。束の間のことであった。

「馳走になるぜ」

風呂敷を敷物がわりに並べられた重箱の菜に手をのばした。沙魚の佃煮を指でつまんで食べた。

「うめえ。巳之さんがつくったのかい。醬油がきいてる。出来合いのものは甘ていけねえ」

「酒の隠し味もついてるのさ。このところ肴づくりが楽しくてね」

「いいこった。そのうち闇の口入れ屋からも足を洗うんだね」

よほどうまかったのか、また沙魚の佃煮に手をのばした。

「そのときは、吉さんに一肌脱いでもらわねえと、うまくいかねえ。なんせ、しがらみがね、ついてまわるのさ。おれは半端者だったから使い勝手がいいのさ」

「一肌も二肌も脱ぐぜ」

「嬉しいねえ。その日は案外、近いかもしれねえよ」

「早いほうがいい」

「そのときはふたりで一つ所に住もうよ。菜づくりは得手だ。うまい飯をつくるぜ」

「楽しみにしてるぜ」

握り飯を頬張った。

巳之吉も握り飯を手にとった。

魚たちが水しぶきをあげて飛び上がり、飛び込んでは、また跳ね上がった。

（もう一晩泊まるか）

そんな気になっていた。聞き込みは昨夜でほとんど終わっていた。が、それだけで来たのではない、とのおもいが吉蔵のなかに湧いていた。

握り飯を手にしたまま沙魚の佃煮にさらに手をのばした。


つづく二日間、蔵人と新九郎は残る旗本たちの調べにあたった。昼餉には握り飯をかじりながら歩きつづけ、次の屋敷へまわる時間を縮めた。

検分を拒んだ旗本たちのすべてが拝領品を盗みとられていた。

が、盗みの手口は能瀬長右衛門や須崎慶太郎のときと同じではなかった。二家は盗んだ品が置いてあったところに白紙が置いてあった。切腹した松尾重右衛門を含む四家は、蔵にかけられていた錠前がはずされたままになっていた。一家は扉が開けっ放しになっていた。蔵に入っていためぼしい古董数点と古董を装って、
〈万が一のために〉
と当主が小銭を貯めていた壺も盗まれていた。数人の足跡が残っていた、という。

　つまるところ、手口から盗みだしたのが誰かを特定するのは難しかった。
柴田源之進は、公儀御文庫で調べあげたことを一日かけて清書したのち、もどってきた吉蔵とともに、再度、木村、十四郎たちと、
〈どこの誰を聞き込むか〉
と役割を決め直し、聞き込みにまわっていた。
旗本たちの調べが終わった日の翌朝、蔵人の住まいの奥の座敷に、木村ら裏火盗の面々と仁七、吉蔵、雪絵たちが顔をそろえた。この朝に、話し合いを持つことはあらかじめ決められていた。大林多聞も診療所の表戸に、
〈昼まで休み〉

との張り紙をして顔を出していた。

「あくまで裏火盗の一員。探索から外されるのは心外でございます」

と蔵人に強く申し入れ、くわわったのだった。

木村ら、旗本屋敷界隈の聞き込みに回っていた者たちから復申がなされた。手がかりになりそうな、めぼしいものは何一つなかった。

「申し訳ありませぬ。無駄に時間をつかってしまいました」

木村が悔しさを溢れさせた。

旗本屋敷から拝領品が盗みだされた手口を蔵人が語った。

聞き入っていた吉蔵が、

「盗んだ品が置いてあったところに一枚の白紙を残す手口は、黒姫の徳兵衛でございやしょう。他のふたつの手口は盗っ人なら誰でもやる、ありきたりのもの。手がかりにはなりますまい。どうおもうね」

戸襖のそばに並んで坐った仁七に声をかけた。

「あっしも、そうおもいやす。黒姫の徳兵衛がどこに潜んでいるか、探し出すが先じゃねえかと。巳之吉さんは、何とおっしゃってるんで」

「それが、な。どうにもいけねえ。足取りが摑めねえのさ」

「足取りが摑めぬ、とは」

聞きとがめて蔵人が問うた。

「黒姫の徳兵衛はひとり盗みしかやらねえんで」

「手下の入り用がないから闇の口入れ屋にも声がかからない。そういうことだな」

「へい。『つなぎをとってくれねえことには、どこでどうしていることやら、さっぱり、わからねえ』と巳之吉がぼやいておりやした」

うむ、と首をひねって蔵人が黙り込んだ。

そこにいる誰もが思案にくれていた。旗本たちは不祥事が表沙汰にならぬよう、呆れかえるほど厳しく口を閉ざしていた。

たとえ隣りに住まっていて、

〈何かあったのではないか。どことなく様子がおかしい〉

と首を傾げることはあっても、

〈武士は相身互い〉

と、そこは旗本同士のこと、知らぬ顔の半兵衛を決め込んで、決して口を開かない。

始末に負えなかった。

探る方から見れば、

〈手も足も出ぬ〉

有様だった。

蔵人が告げた。

「盗まれた拝領の品々は豊臣秀吉公ゆかりの品であった」

「豊太閤の、まさか豊臣家の残党が……」

声をあげたのは大林多聞だった。

「徳川幕府が開かれて二百年近くになる。それはあるまい。ただ」

「ただ、何でござるか」

緊迫を漲（みなぎ）らせて木村が迫った。

「泰平の世に馴れすぎた外様諸藩の藩主のひとりが、御家に語りつたえられた豊太閤の威徳におもいを馳せて、身分不相応の不埒な企みを巡らさぬとはかぎらぬとおもってな」

「それは」

つづくことばを呑み込んだ柴田が、一同に目線を流した。

木村や晋作らはもちろんのこと、吉蔵や仁七、雪絵までもが息を吞んでいた。

「念には念を入れるが我らの務め。あらゆることを念頭におかねばならぬ。今の世に謀反を起こす大名など、まず、おるまい、とはおもうがな」

顔を向けて、告げた。

「吉蔵、仁七。おれも思案してみるが、黒姫の徳兵衛の居所を摑む手立てを考えてくれ」

「へい」

ふたり同時に顎を引いた。

「皆も考えてみてくれ。それと仁七」

「何か」

「これから書状をしたためる。それを持って火盗改メの役宅へ走り、是か非にも長谷川様をつかまえてくれ。書状を直接、長谷川様に手渡すのだぞ。事は急を要するかもしれぬ」

「必ず、長谷川様に」

「手渡せぬときは書状を持ってもどってきてくれ。渡せたときはその足で水月へ帰れ。よいな」

「わかりやした」

一同を見渡した。

「これにて散会とする。今日は休むがよい。明朝、同じ頃合いに会合を持つ。向後のこと、その折りに決める」

木村らが大きく顎を引いた。

五

七つ（午後四時）を告げる時鐘が鳴って、半刻（一時間）はたっただろうか。

（仁七はもどらぬ）

と判じた蔵人は、刀架にかけた大刀を手にとった。袖無し羽織に袴といった出で立ちに着替えている。表向きは町道場の師範代ということになっている。どこへ行くにも都合のいい姿であった。

清水門外の火付盗賊改方の役宅へ着いた蔵人を、平蔵は、すでに奥の座敷で待ち受けていた。

顔を見るなり問うた。

「仁七から聞いたが、盗まれた拝領の品々、すべて豊太閤ゆかりのものであったそうだな」

「如何様。長谷川様同席の上、至急、御老中首座のお耳に入れたほうがよろしかろうとおもい、仁七を走らせました」

「御老中首座には『火急に話すべきことあり。参上し、もし御不在なれば夜分遅くなりましてもお帰りあるまで待ち受ける所存』との書付を届けてある。すぐにも出かけよう。話は道々聞く」

と立ち上がった。

老中首座の屋敷の接客の間には、重苦しい気が立ち籠めていた。

上座に坐した松平定信は、はた、と中天を見据えていた。

向かい合って坐った平蔵、わずかに下がって控える蔵人は凝っとみつめて、口を開くのを待っている。

「すべてが豊臣秀吉公ゆかりの品々だったとは……」

定信が呻いた。すでに二度ほどつぶやいていることばであった。

首をひねった。

「この泰平の世に謀反などあり得ぬ。あり得ぬとはおもうが」

さらに首を傾げた。

「人のこころはわからぬ。相次ぐ飢饉、天変地異もない、とはいえぬ。無宿人も増えつづけている」

溜め息をついた。

「よりによって余が老中首座の職にあるときに、このようなことが起きるとは、面倒な」

舌を鳴らした。

「しかし考えようによっては、御神君より拝領した品の検分をおもいつかなければ、豊太閤ゆかりの品々が盗み出されたこと、見いだせなかったかもしれぬ」

うむ、と得心したように顎を引いた。

「類い稀なる陰謀が巡らされていることを気づかわれた御神君が、自らが考えたかのようにおもわせて、神託をくだされたのかもしれぬ。血を継いだ者だから、そのこと、察知し得たのだ」

このところ独り言をいうことが多くなっている。為す事すべてが空回りしていた。幕閣の重臣たちは面従腹背を決め込んでいる。話には聞き入ったふりをしているが、その実、何も聞いていない。孤立無援。定信の置かれている立場は、まさしくそれだった。

聞いていた蔵人は、

（いかにも定信らしい）

とおもった。

おのれの都合がいいように結論づけていく。そのための論理を組み上げているだけなのだ。あらゆることにたいして、そうだった。書籍で得た知識のなかでしか物事を判じようとしない者の陥りがちな形であった。現実のこととなると、必ず相手がいる。ひとりだけとは限らない。多数を相手にしなければならない場合も多々ある。他の出方を計って、おのれの動きを決めるのがふつうであった。が、定信には、それが大きく欠けている。

定信が平蔵を見つめた。それまでの、弱り果てた様子など、どこかへ忘れ去ったような尊大な顔つきだった。

「長谷川、支配違いのこともあってやりにくいだろうが蔭ながら結城を助けて、事が首尾よくいくようすすめてくれ。決して表沙汰にしてはならぬ。伏せねばならぬ事態が起きたときは、老中首座の力を以って、すべて抑える。存分にやれ。ただし隠密裡に片付けるのだぞ」

「委細承知 仕(つかまつ)りました」

平蔵が深々と頭を下げた。蔵人も、それにならった。

空には満月が輝いていた。薄雲がたなびき月明かりを微かに覆って、墨絵ぼかしの紋様を浮かしていた。

定信の屋敷の表門から出た平蔵が足を止めて空を見上げた。

「いつもより明るいとおもうたが、まるで名高き絵師が描いた景色のような。このような月を見るのは久しぶりだ」

しみじみとした口調だった。

見つめた蔵人も、嘆息した。

「如何様、見事なまでの……」

「のんびり行くか。月下の散策と洒落(しゃれ)込むのも悪くない」

「御老中首座から『存分にやれ。すべて抑える』とのおことばをいただきました。後はやるのみ。束の間の風流を愉しむには、ほどよい頃」

無言でうなずき、平蔵が歩きだした。一歩遅れて蔵人がつづいた。

口を利きあうでもなく、ゆったりとした足取りですすむふたりを、月が朧な黄金色に染めあげていた。

閑寂な風趣があたりに立ち籠めている。


翌早朝、住まいの前庭で、貞岸寺の境内との境となっている雑木林を背に蔵人は胴田貫の打ち振りに励んでいた。

〈日々、鍛錬を休むまい〉

と心がけているのだが、探索がつづくとそうもゆかなくなる。住まいにいるときはできるだけ早く起き出して、少しでも長く励む、と決めていることであった。

大上段から振り下ろした胴田貫を地上すれすれ、紙一重のところに止め、刀を返して逆袈裟に振り上げる。さらに大上段にもどして振り下ろす。百回は繰り返しただろうか。まだ呼吸に乱れはなかった。

大上段にもどした刀を、一気に振り下ろして地上すれすれに止めたとき、間近に人の気配を感じた。

気配から察して、一歩踏み込まれたら突きを入れられる間合いだった。真剣なら背中から胸へと間違いなく刀身が貫くだろう。

（未熟）

胸中で呻いて、蔵人はゆっくりと振り向いた。

浅く腰を屈めた吉蔵が微笑みかけていた。

「さすがだ、吉蔵。無言の名の由来、感じとった。近づく気配が消えていた」

正直なおもいだった。

「なあに、御頭が胴田貫の打ち振りに心気を注いでいられたからこそ出来たこと。胴田貫が風を切る音に乗って動く。音が音を消してくれる。ただそれだけの話でさ」

「胴田貫が風を切る音に乗って動く、か」

虚をつかれた、と判じていた。

風切音の鋭さで、その日の躰の切れがわかる。一瞬の早業で風を切ったときと、胴田貫の重さを感じて振ったときとでは、あきらかにその音が違っている。蔵人は音の差違により、

〈今日は集中する心が欠けている〉

とか、

〈風切音にむらがある。胴田貫が地にたいして垂直に振れていない。一気にいかぬのは指の握りが甘いせいか〉

などと工夫の便(よすが)としているのだった。

胴田貫を鞘に納めながら、

「闇討ちをする気になれば、まず仕損じることはあるまい。気配を消す技、どこでおぼえた」

「いつの間にか、としかいいようがありやせん。なにしろ命と稼ぎがかかってましたんで。いい加減なことでは、とてもつとまる稼業じゃありやせん」

「覚悟のほどが身につけさせた。そういうことか」

「へい。盗っ人だけでなく大工に錺職(かざりしょく)、手に職をつける稼業はもちろんのこと、生き馬の目を抜くような駆け引きに明け暮れる商人など、皆、そういうもんじゃねえかとおもいやす」

「覚悟のほど、か。そうであろうな」

剣客も、武士も、覚悟のない者は、いざというときは、しょせん役に立たぬ。

蔵人の脳裏に、真剣を構えただけでもふらつきそうな、能瀬長右衛門のやせ細った、気力のない顔が浮いた。あれで見廻り中に斬り合うことが予測される先手組(さきてぐみ)

などに配されたら、御役御免を願い出るしかあるまい。

(たとえ役に立たぬとわかったとしても、引き継いできた扶持を召し上げられることは、まず、なかろう)

不意に多聞に木村、柴田、晋作らの顔が浮かんだ。いずれも百石に満たない、旗本とは名ばかりの微禄の者たちであった。それが家督を譲り隠居の形をとって、命がけの裏火盗の任についている。

能瀬は禄高千百石の大身旗本であった。

「集まる前に決めておきたい話がありやす」

吉蔵の声が蔵人の思考を断ち切った。

「話?」

「昨夜、仁七や雪絵さんに声をかけて相談しやした」

「仁七や雪絵さんと」

「へい。三人で話し合って、これしかねえ、と思いついた探索の手立てがありますんで」

「いい手立てが見いだせたのか」

「手がかりは黒姫の徳兵衛の、盗み出した品の蔵してあったところに白紙一枚を置いていくやり口だけで」

うなずいた蔵人が目線でつづきをうながした。

「拝領の品々が盗み出されたのは、ここ二、三ヶ月の間とおもわれます。なんらかの都合で、徳兵衛が盗品の買い取り先から盗みだす期限を切られたとすれば」

「ひとりでは手にあまるとみて、心許した盗っ人仲間に手助けしてくれるように頼んだ、というのか」

「そう考えられないことはねえ、ということで」

「黒姫の徳兵衛が豊太閤ゆかりの、御神君拝領の品盗みだしの元締めというのか」

「そうとは決められません。が、少なくとも買い取り先とはつながっておりやす。買い取り先には必ず売る相手がいるはず。盗品を我が物にするということは、端から他に売り渡す気などない、ということでございます。金持が高値で手に入れ自分だけで愉しむ。かなりな財力の持ち主でないと出来ねえ話、ということになりやす」

吉蔵のいうとおりだった。

「徳兵衛とつなぎがとれれば、拝領の品々を我が物にした輩(やから)につながるというのだな」

「たぶん。何も仕掛けぬより仕掛けたほうがまし、ということで」

「手立てを聞こう」

「あっしと仁七、雪絵さんの三人が昔とった杵柄、盗っ人にもどって豊太閤ゆかりの品を盗み出す。それも二つ、三つとつづけざまにね。そして派手に読売に書き立てさせる」

「盗む品は長谷川様に相談して、あらかじめ手配し馴れ合いの猿芝居を仕掛ける。そういう段取りだな」

「やらせていただきやすね」

蔵人は黙った。雪絵のことが気にかかった。

雪絵はその実、七化けお葉と二つ名を持つ女盗だった。そのことは蔵人のほかには平蔵、仁七、吉蔵の三人しか知らない。多聞ら裏火盗の面々は家には戻れぬわけのある御家人の娘、雪絵と信じ切っていた。武家娘に化け、盗っ人のお頭の密命を帯びて蔵人へ接近してきたのだが次第にこころ惹かれ、ついには裏切って、味方になったのだった。

蔵人もまた、過去を知りつつも、そのひたむきなこころに惹かれ、いまでは相思相愛の仲となっていた。が、立場をおもんぱかってか雪絵は決して人前では、そのおもいを表そうとはしなかった。妻子、家族と離れて任につく木村たちへの気配りもあって、蔵人も、あくまでも素知らぬ風を装っている。

「仁七、雪絵さん、出てきな。御頭に一緒に頼みこむんだ」

「きているのか」

視線を向けた。

老木の後ろからふたりが姿を現した。

「やらせてくだせえ」

仁七がいい、雪絵が浅く腰を屈めた。

蔵人が雪絵を見つめた。雪絵も見返す。ふたりの視線が絡み合った。

間髪(かんはつ)入れず……。

「御役にたちとうございます」

穏やかなものだったが、ゆるがぬものが雪絵の声音に籠められていた。その目の奥に、蔵人は、

〈死も怖れぬ〉

との覚悟をみてとっていた。

「探索、仕掛かってくれ」

うなずいた吉蔵、仁七、雪絵を凝っと見つめた。

第三章　業魔

一

沈黙がつづいている。

「盗っ人の渡世に潜り込み、黒姫の徳兵衛の行方を探る」

との吉蔵の計略を、蔵人の住まいの奥座敷で多聞らに告げたとき、呻きに似た溜め息が漏れた。それから誰一人、口を開かない。それぞれが思案に暮れているのは、顔つきから見て、あきらかだった。

腕を組んだ蔵人は目を閉じていた。

ややあって、多聞が一膝すすめた。

「潜り込むのは吉蔵と仁七だけでよろしいのではありませぬか。雪絵さんまで加わるというのは、どうも……」

横合いから木村が身を乗りだした。

「危険すぎる。そうはおもわぬか」

柴田から晋作、十四郎、新九郎へと目線を流した。

柴田らがうなずく。

腕組みを解いて蔵人が目を開いた。

そのとき……。

「覚悟はできております」

戸襖の近くに坐していた雪絵が声をあげた。

振り向いた一同に、目を向けた。

「女がひとり、一味にくわわっている。男にはできぬことがありましょう。何かと役に立つはず。このままでは探索がすすみませぬ」

「しかし……」

多聞が、小さく首を振った。

「危ない。とても承服できぬ。女の身には、あまる務めだ」

「決めたことでございます。心配していただくのは、ありがたきことなれど、わたしは、やり遂げると決めております」

強い口調だった。

「しかし……」

そこでことばをきった。再び、かすかに首を振って多聞がつづけた。

「ゆるがぬ決意とみた。いうても詮無いこと。ただこれだけは約束してくれぬか。決して無理はせぬ。命は粗末にせぬ、と」

「大林さま、それほどまでに、わたしのことを。ありがとうございます」

顔を伏せた雪絵の目に潤むものがあったのを、蔵人は見逃してはいなかった。

「多聞さん、他にも打ち合わせておかねばならぬことがある」

顔を蔵人に向けて、

「何か」

「おれと新九郎も盗っ人の一味に加わることにする」

「それは……」

「そいつはありがてえ。鬼に金棒って奴だ」

ほとんど同時に多聞と仁七が声をあげた。

はっと目を見開いて雪絵が蔵人を見た。気づかぬ風を装って、蔵人が柴田らに視線を流した。

「おれがいない間は多聞さんを御頭がわりとする。よいな」

柴田らが顎を引いた。

「おれも盗っ人の一味にくわわりたい。昔取った杵柄、無頼浪人の振るまいなど、まだ忘れてはおらぬ。新九郎より適任だ」

袖をまくって腕をさすりながら十四郎が口を尖らせた。

「身の軽さでは、おれが上手だ。盗っ人のひとりとして忍び込むようなときは、鍛え抜いた皇神道流が役に立つ。なにせ修験者が編み出した剣法だ。忍法と変わらぬ技も多々ある」

揶揄するように新九郎がいった。

「それは認める。たしかに、おれよりは多少腕が立つ。しかし、世知に長けたはおれだ」

食い下がる十四郎を多聞らが笑みを含んで見つめている。

「そうよな」

首を捻った蔵人が、

「十四郎を入れて総勢六人。ほどよい人数のような気もする」

「それみろ。やっぱり、御頭の眼力は違う」

にやり、とした。

「それでは残るは私を入れて柴田、木村、晋作の四人」

「多聞さんは、いままでどおり町医者として診療にあたってくれ」

「しかし、それは……」

「これからは、つなぎをする場が多聞さんの診療所ということになる」

「動かぬ、がよい、ということでございますな。しかし、それでは」

「裏火盗の務めを果たせぬ、とはおもわぬことだ。探索が詰めに入ったときは行を共にしてもらう。武芸の鍛錬を怠らぬことだ」

「承知仕った」

居住まいをただして、応えた。

「雪絵さんにかわる助手として柴田がつく。火急に知らせねばならぬことがあったら柴田は水月へ走る」

「水月のお苑に書付を託せばよいのですな」

「おれが用があるときはお苑を使いに走らせる」

柴田がうなずいた。

「木村と晋作は江戸中の古董屋、古道具屋をあたってくれ。豊太閤ゆかりの品はないか、と聞いてまわるのだ。できれば、どこぞの藩の藩士風の出で立ちで回ってくれ」

「いずれかの藩が豊太閤ゆかりの品を欲しがっている風を装うのですな」

問いかけた木村に、

「そうだ。もしも御上に二心ある藩があるとすれば、必ず尾行がつくはず。尾行に気づいたときは浅草田圃近くの住まいにはもどらず、水月に入れ。水月に泊まり込んで、探索を続けている風を装うのだ」

「水月なら『長きにわたってお泊まりになっておられるお方』などと、どうとでも話の口裏を合わせられる。そういうことですな」

「木村たちの動きに疑いなし、と尾行した者が見極めれば近づいてくるかもしれぬ。興味を示して『腹を割った話がある』と持ちかけてくるようなことになれば儲けものだ」

「楽な探索ですね。尾行にだけ気を配ればいい」

屈託のない笑みを浮かべて晋作がいった。

「仁七」

呼びかけて蔵人が向き直った。

「長谷川様を捕まえ、今夜、是が非にも水月でお会いしたい。探索にかかわる大事な話がある、とつたえてくれ。おれは暮六つには水月にいるようにする」

「わかりやした」

身軽に立ち上がった。


波が荒かった。

高々と頭をもたげ、白刃さながらの鋭さで猪牙舟に襲いかかる。舟は木の葉同様に揉まれに揉まれて、いまにも沈まんばかりに大きく揺れていた。

いつもだったらすいすいと漕ぎすすむ、二挺櫓の猪牙舟が青息吐息の有様だった。前へすすんだとおもったら押しもどされる。ふたりの船頭は顔を真っ赤に染め、渾身の力をこめて櫓を漕いでいる。

舳先近くに坐る進藤与一郎が、飛沫でもかかるのか、手の甲でしきりに顔を拭っている。真ん中辺に坐した平蔵の羽織の袖も、舷にあたって弾け散る水滴を浴びて、ぐっしょりと濡れていた。

本湊町の船着場に着いたときには、船頭ふたりの息があがっていた。かかった時間もつねの倍近くかかっている。

猪牙舟から下りて通りに踏み出した平蔵の足が止まった。番屋から出てきた仁七の姿を見いだしたからだった。

進藤を振り向いた。

「先に帰ってくれ。用ができた」

「人足たちの働き口へ渡す、あらたな人別帖づくりの手配などすすめておきます」

「頼む」

小さく頭を下げ、新藤は足早に立ち去っていった。

傍らに来た仁七が小声で告げた。

「結城の旦那からのつなぎで」

「ここで聞こう。番屋では人の耳に入る怖れがある」

海際へ向かった。

陸から吹く風が寄せくる波を押し返し、高々と屹立(きつりつ)する白い波頭をつくりあげている。

しかし、荒れた海の様子とはうらはらに、岸にあたる波は勢いをそがれ、まばらな飛沫となって散っていった。

　ふたりは肩をならべて江戸湾を見ている風情を装った。仁七が、黒姫の徳兵衛の手がかりをつかむべく吉蔵をお頭役に、蔵人、雪絵、新九郎、十四郎らが一味となり、盗っ人仲間に潜り込むことにした経緯を細かく語った。

「あわよくば買い主と、買い主が盗品を売る相手をつきとめよう、というのだな」

「へい。長谷川さまにも一役買っていただきたい、と結城の旦那が」

　にやりとして、

「仁七、おまえも盗っ人の一味に加わるのだな」

「もちろんでさ。あっしが働かなきゃ、誰が身軽に動けるというんで」

「盗みを仕掛けるのが楽しくてしょうがない、という顔をしているぞ」

「ご冗談を。あっしは足を洗って、いまじゃ、がちがちの堅気ですぜ」

「そうか。がちがちの堅気か。わしらの探索の役に立ってくれている。たしかに、ふつう以上の、まさしく、がちがちの堅気だ」

「これだ。若いころ、本所で無頼仲間と遊び回っていた長谷川さまの軽口だ。年季が入ってて、おもしろすぎまさあ」

「おもしろすぎるか」

　呵々と笑った。

「肝心なことを忘れてやした。今日の暮六つから水月で結城の旦那が待っていられるそうで」

「この出で立ちでは何かとまずい。清水門外の役宅に立ち戻り、気楽な格好で向かう。そう結城につたえてくれ」

小さくうなずき、

「それじゃ、あっしは」

と腰を屈めた。

二

船宿水月の二階の座敷が、いつもと違って手狭に感じられた。男五人に女一人の六人が坐っている。置かれていた飯台は一隅に片付けられていた。

平蔵は、暮六つ（午後六時）の時鐘が鳴り終わってほどなく、深編笠に小袖の着流しといった忍び姿でやってきた。

上座に坐した平蔵を半円で囲むように、真ん中に蔵人、障子窓側に新九郎と十四郎、戸襖の近くに吉蔵と仁七が坐っていた。雪絵はその脇に控えている。

蔵人が、この座にいる六人で盗っ人の渡世に潜り込み探索することを告げ、

「長谷川様には、無言の吉蔵一味に豊太閤ゆかりの古董を盗み出される第一の犠牲者の役向きを引き受けていただきたいとおもっております」

「それはいいが、わが屋敷には豊太閤ゆかりの古董などないぞ」

といい、にやり、として、

「考えたな。盗っ人どもが鬼と恐れる、火付盗賊改方長官長谷川平蔵の屋敷に押し入り、まんまと家宝に等しい品を盗み出した、となれば盗っ人どもの溜飲は下がり、噂は口から口へと、それこそ、あっ、という間に広がる。それが狙いか」

「盗っ人仲間に潜り込むには、またとない手立てかと」

「よかろう。豊太閤ゆかりの品は明朝にでも御老中首座の屋敷にうかがい、御上か、あるいは松平家の蔵より、しかるべき品を借り受けることとしよう」

「盗っ人から古董を買い取るは目利きの者に相違ありませぬ。できれば、それなりの、価値ある品のほうが化けの皮が剝がれる恐れが少ないのではないかと、判じております」

「そうよな。借り受けた品を、そのまま蔵人に渡せばいいのだな」

「それでは描いた絵図が台無しになります」

「それは、どういう？」

眉を顰めた平蔵から視線を移し、

「おれからいうより、直に話したほうが何かとわかりやすいのではないか」

吉蔵が小さくうなずき、

「なかには、ほんとに盗み出したのかどうか、調べる奴もいるかもしれやせん。悪党は呆れるほど疑り深いもの。何せ、いつ捕まるか、仲間から寝首をかかれるかと年中びくついて神経を尖らせている。それが盗っ人というもので」

「大親分と評判をとった無言の吉蔵のことばだ。重みが違う。どうすればいいのだ」

問いかけた平蔵に、

「ご無礼承知で申し上げるのでございますが、あっしらが本当に忍び込み、古董を盗み出しますんで」

「役宅に忍び込むか。警戒をゆるめるわけにはいかぬぞ」

横から蔵人が口をはさんだ。

「清水門外は曲輪内とは内堀を挟んだだけ。おそらく御老中首座から異論がでるはず」

「あの気性だ。まず面倒なことになろうな。本所菊川町の我が屋敷にするか。あそこなら御城からは離れている。元禄の世に、大石内蔵助ひきいる赤穂義士四十七名が討ち入った吉良上野介の屋敷も本所松坂町であった。つたえられるところによると、討ち入りやすいように時の幕閣の重臣たちが語らって、御城近くにあった吉良の屋敷をわざと本所へ移したそうな」

「それでは忍び込むは屋敷にいたしましょう。吉蔵、それでいいな」

「へい。御屋敷の方々にくれぐれもつねと同じ暮らしをしていただけるよう、おつたえ願いやす」

「屋敷の者たちには、このこと、いうのはよそう。わしひとりの胸に叩き込んでおけばよい」

そのことばに吉蔵が、微笑んだ。

「それがよろしゅうございます。ふだんどおりの暮らしをしてもらう。長谷川さまには、家人の方々に豊太閤ゆかりの古董が手に入った。私物ゆえ役宅に置くはまずい。屋敷の蔵におさめるゆえ大事に扱え、とでも触れておいていただければ」

「その品が盗まれたときには皆、大騒ぎするであろうな。これは愉快。どんな顔をして騒ぎ立てるか見物だわい」

悪戯っ子が悪戯を仕掛けたときのように、目を輝かせて楽しげに笑った。

「どうやらあらかた話は、すみやしたね」

問いかけた仁七に蔵人が、

「長谷川様、お苑が心づくしの菜を支度してくれているそうです。夕餉といたしますか」

「それはよい。腹が空いた。それはそうと、蔵人、明朝六つまでに役宅へ来てくれ。ともに御老中首座の役宅に押しかけよう。盗まれる古董を手配していただかねばならぬからな」

「如何様」

顎を引いた蔵人を見て、仁七が戸襖に躙りより開けた。二度手を打った。

「お苑、料理を運んでくんな」

翌朝、蔵人と平蔵は老中首座の屋敷へ向かった。

松平定信には、

〈火急のことにてお目通りいたしたく〉

と用件を記した封書を届けてある。前触れなしの訪問を定信は極端に嫌った。

「日々果たさねばならぬ所用がある。前触れなしにまいったときは、そのまま追い返すこともある。あらかじめつたえおく」

と何度も聞かされている。

が、平蔵は、

〈捕物という不測の事態が起こりうる務めについている身。前触れなしに参上することも多々ありまする〉

と何度も申し入れ、渋るのもかまわず押しかけては、ついに、

「仕方あるまい。特別にさし許す」

との言質をもぎとっていた。

蔵人は、

〈長谷川様の臨機応変のなさりようが、四角四面の形式重視の御老中首座の癇にさわり、疎んじる言動となって表れるのだ〉

と判じていた。

朝の澄んだ気が、蔵人をゆったりとした気分にさせていた。一歩先を行く平蔵も、のんびりとした足取りとなっていた。

「人目につかぬ低木の蔭でもみつけて、のんびりと昼寝でもしたい気がするな」

「たしかに」

「すまじきものは宮仕え。務めのある身では、そうもゆかぬか」

「如何様」

そのまま、ふたりは口を噤んだ。

老中首座の屋敷は間近であった。


「それはおもしろい」

蔵人から、平蔵の屋敷より、盗っ人を擬した吉蔵たちが豊太閤ゆかりの品を盗み出し、盗賊仲間に潜り込んで買い主をたぐる、という策を聞かされた定信は興味ありげに身を乗りだした。

「当家にも先祖伝来つたわる豊太閤ゆかりの品があるが……」

独り言ちて首を傾げた。

ほう、と平蔵と蔵人がおもわず小さく声をあげた。定信が豊太閤ゆかりの古董を所持しているとは予想だにしないことであった。ならば他にも豊臣秀吉より御神君が拝領した品があるかもしれない。

蔵人は、

(今一度柴田を公儀御文庫へ向かわせ、御神君が豊太閤より拝領した品がどれほど残されているか調べ上げねばなるまい)

とおもった。

「そういえば本多も、御神君より拝領した豊太閤ゆかりの古董があるといっておったな」

本多とは伊勢神戸藩一万五千石の藩主本多忠奝のことである。徳川家康四天王のひとりで、武勇の誉れ高かった本多平八郎忠勝の末裔にあたる、譜代の名家であった。

「そうだ。本多にも声をかけよう。必ず力を貸してくれる」

つぶやきに似た一言だった。

耳にとめた平蔵が、

「それでは御老中首座には、此度の策に力を貸していただけるので」

顔を上げて見つめた。

「余が御神君より拝領した品々の検分を思い立ったことが騒ぎのもと。探索の役に立つことはすべてやらねばなるまい。長谷川、そちに当家につたわる御神君より拝領の豊太閤ゆかりの品、『華宴』と名付けられた花器を渡そう。そちのいうとおり、由緒ある品でなければ盗品の買い主には近づけまい。それと」

「それと……」

「敵を欺くにはまず味方からと申す。日頃の功績にたいし、余が長谷川へ華宴を下したとの書付もしたためよう」

「それでは……」

「華宴がもどらぬときもあろう。失ってはならぬ、という気があれば思い切った手もうてまい。仕掛ける以上、余計な気配りは避けるべきだとおもう。余が、華宴は、すでに当家には、なきものと腹をくくればすむことじゃ」

「心配り、痛み入ります」

　頭を下げた。ともに頭を垂れた蔵人は、いつにない定信の潔さに驚かされていた。御神君より拝領の花器となれば、松平家にとって家宝のひとつであることはあきらかだった。それを失っても探索の役に立てたい、と覚悟を決めた裏には、〈検分を思い立たねば旗本たちが、おそらく家宝としてきたであろう御神君より拝領の品々が盗み出されることはなかったのではないか〉

　との強いおもいがあるのではないか、と推量していた。

定信がつづけた。

「伊勢神戸藩の本多家にも、御神君より拝領した豊太閤ゆかりの古董があると聞いている。華宴ひとつで足りぬときは余が直々、藩主の忠脩と談判し探索に役立ててくれるよう頼み込む所存じゃ」

「願ってもないこと、御手配のほど、お頼み申しあげます」

「しばし待っておれ。華宴を用意させる。書付も書かねばならぬでな」

立ち上がった。

「速やかなるご処置、痛み入ります」

再び平蔵が頭を垂れた。ともに平伏した蔵人は、定信の意外な一面に驚きを禁じ得なかった。

が、苦労知らずに育った名門の子にありがちな、何事にもすぐ飽きる気質を色濃く持ち合わせていることも十分に承知していた。

(この潔さが、できうれば永久に続いてくれればよいのだが……)

ただそれだけを願っていた。

三

　その夜、水月の二階の、いつもの座敷でふたりは向かい合って坐していた。

「本所菊川町の屋敷にいきなり立ち帰ったら、留守を守る用人や若党が大慌てでな。気がゆるんでいるのが見え見えであったよ」

　平蔵が、にやりとした。悪戯っ子が悪さを仕掛け、うまくいったときに浮かべる顔つきに似ていた。

〈してやったり〉

　と、いかにも楽しげな様子に、

（この手の不意打ちが、とにかく大好きなお方なのだ）

　つられて、蔵人も微笑みを浮かべていた。

「用人に、御老中首座より豊太閤ゆかりの古董『華宴』と名付けられた花器を拝領した。役宅より屋敷にて蔵する方がよかろうと判じて持ってきたのだ、といったものよ」

　華宴を入れた桐の木箱に、定信自筆の書付をおさめ、蔵に入れたのをたしかめて引き上げてきたのだという。

「あの様子なら、盗みだすのはさほど難しくはなかろう。盗み出したとの証の書付でも残して驚かせるほうが、用人たちが気づくのが早かろう。大いに焦って騒ぎ立ててくれれば、これ幸い。隠しきれずに噂になりやすいだろうよ」

と楽しげな口調でいった。

「それでは長谷川様が天下に恥をさらすことになりませぬか」

火付盗賊改方長官としての立場がある。そのことを蔵人は気にかけたのだ。

が……。

「かまわぬ。探索し、悪党どもを捕らえて処断するのがわしの務めだ。そのためには手立ては選ばぬ」

と、一転、生真面目な顔つきで応えた。

「ならば吉蔵と仁七に、存分に盗っ人の腕を振るうよう命じておきます」

「それがよい。用人たちにも、いい刺激になるわ」

と笑い、

「忍び込みやすいように」

と屋敷の間取りなどを細やかに描いた絵図までくれた。

「調べる手間が省けました」

「謀反など企む戯けなどおらぬとはおもうが飢饉、逃散、それにつらなる無宿人の急増など幕政のほころびがいたるところにみられ、何かと乱れ始めた当今だ。豊太閤ゆかりの古董を何者が盗み集めるのか、その意とするところを早急に突き止めねばなるまい」

「出来うるかぎり手早く仕遂げまする」

決意を漲らせた。

その盗っ人宿は深川の三十三間堂近くにあった。
三十三間堂は、
〈京の都にある蓮華王院三十三間堂を摸して、射術稽古のために大江戸の地に創建すべし〉
と備後なる弓師が願い出て許され、寛永十九年（一六四二）に浅草に建立された。が、元禄十一年（一六九八）の大火により全焼し、その後、深川に場所を移して再び建造された。江戸三十三間堂矢数帳には、
〈慈眼大師天海の発起なり〉

と記されている。

すでに吉蔵たちは、泊まることもできる、料理茶屋を装った盗っ人宿［如月］に乗り込んでいた。

水月を出た蔵人は、その足で如月へ向かった。

星ひとつない夜陰を切り裂いて、三十三間堂の大甍が黒々と聳え立っている。木場の広大な堀に浮く木置場の丸太が、闇に潜む無数の人影のように、水面から頭をもたげていた。

汀沿いの道をゆく蔵人は足を止めて、闇黒が支配する、ぐるりの景色を眺めた。その様子が向後の探索の行方を暗示しているかのようにおもわれる。平蔵の屋敷から定信より拝領の花器『華宴』を盗み出し、町々に、

〈盗っ人を取り締まる、火盗改メ長官の長谷川平蔵さまの御屋敷に盗っ人が押し入って、御老中首座より拝領の古董を盗まれたそうな〉

と噂をばらまいたとしても、買い主につながる黒姫の徳兵衛が近づいてくるとの保証は何一つないのだ。

しかし、ほかに手立てが見いだせない以上、仕掛けるしかなかった。

大きく息を吐いた。胸中に澱となって沈んでいる迷いを、吐き捨てるための所作であった。

三十三間堂を通りすぎ、永居橋の手前を左へ折れて少しいった、十五間川沿いの三十三間堂町に如月はあった。

永居橋は間近であった。如月へ向かって蔵人は歩みをすすめた。

如月の二階の三部屋を吉蔵が借り切っていた。

「無言の吉蔵の久しぶりの盗み。どんな仕事をやらかすのか、と興味津々で如月の主人や雇い人たちが様子を窺ってますぜ。見張られてるのと同じでさ」

仁七が、唇を歪めた、癖ともいうべき笑みを片頰に浮かべた。

蔵人、新九郎に仁七の三人、十四郎と吉蔵の組、七化けお葉のころの粋筋の姐さん風につくった雪絵が、それぞれ一部屋をあてがわれていた。

以前は無頼浪人の仲間に入り、乱暴狼藉を重ねていた十四郎の着流し姿は、いかにも盗っ人仲間にみえて、本人が、

〈いやになるほどの〉

似合いようだった。

新九郎も剣の師葛城道斎に命じられるまま盗みを重ねた時代があったこともあって、盗っ人仲間の若き用心棒とみえぬこともなかった。

「一番厄介なのが蔵人の旦那で」

と仁七が苦笑いするように、どうにも、

〈剣一筋に生きる剣客という武張った様子が抜けない〉

で、結局は、仁七が見繕って、古びた利休鼠の小袖に錆色の万筋の袴という、一癖ありげな浪人によくある格好に仕立て上げた。その上で、

「人前では、できるだけ口をきかないようにしてくだせえ。無口で人斬りの好きな御浪人、と思わせるよう仕向けておきますんで」

と勝手に人品をつくりあげていった。

「おれにはよくわからぬこと。仁七のいうなりにしておこう」

と腹をくくった。

着てきた蔵人の着物は翌朝、雪絵が水月へ届けにいくことになった。

吉蔵の座敷に集まった一同は、向後の段取りを話し合った。

その折り、平蔵が描いてくれた、本所菊川町の屋敷の絵図を吉蔵に手渡してある。

「これはいいものが手に入った」

といかにも盗っ人の顔つきとなった吉蔵が、にやりとほくそえみ、

「この絵図をじっくり眺めて、どこから忍び込めば、用人たちに気取られることなく手早く華宴を盗み出せるか、思案してみやしょう」

と底光りのする眼を光らせた。いつもの穏やかな眼差しは消え失せていた。

〈さすがに無言のお頭〉

とおもわせる貫禄と凄みが、さして大きくない躰から発せられている。

あてがわれた座敷にもどった蔵人が仁七に、

「お頭と呼びたくなるほどの重みを感じた。たいしたものだ」

と告げたほどのものであった。

翌朝、朝餉前に座敷に集まった蔵人たちに吉蔵が手筈を告げた。

「忍び込むのはあっしと仁七、新九郎さんの三人、松平伊豫守さまと向かい合う四つ角あたりを御頭に、十四郎さんには林豊後守さま下屋敷近くを見張っていただき、雪絵さんにはつなぎの役向きをお願いしやす。忍び込むのは、お旗本神田万三郎さまの御屋敷近くの塀からといたしやす」

「向かい合う林豊後守様屋敷との四つ角、長谷川様の屋敷沿いの角に辻番所がある。なにか厄介だな」

首をひねった十四郎に吉蔵が、

「だから十四郎さんにそこらあたりの見張りを頼んだのでさ。無頼仲間とつきあっていた頃やっていたことをおもいだして、うまく擦り抜けるように工夫しておくんなさい」

「これは、まいった。おもわぬところで、臑の傷をさらしてしまった。役に立てれば何事も無駄ではないということをしめさねばならぬな」

と頭をかいた。

微笑んだ吉蔵が、蔵人に目を向けた。

「あっしの勝手にまかせてもらいてえことが、ひとつありやす」

「何だ」

「盗んだ品の置いてあった場所に、白紙を置いておこうとおもいやしてね」

「そいつは黒姫の徳兵衛の手口、無言のお頭の名を汚すことになりやすぜ」

横から仁七が声をあげた。

「なあに、理屈は幾らでもつけられるさ」

「しかし、無言のお頭の面子（メンツ）が……」

「まあ聞きねえ。盗み出しただけじゃ稼業としては半端なことになる。買い主をみつけて売りつけ、銭にして初めて稼業がなりたつんじゃねえのかい」

「黒姫の徳兵衛とつなぎをつけるために、白紙を置いてくるというのか」

　蔵人が口をはさんだ。

「そこが狙いで。黒姫の徳兵衛が『人の手口を使うなんざ、盗っ人仲間の筋がたつめえ』などといちゃもんをつけてきたら『おめえさんが売り先を知っているとおもったから仕組んだことよ。たっぷりと口銭（こうせん）を払うから仲立ちしてくれねえか』と頼み込むだけのことでさ」

「盗っ人のお頭仲間のこと。詫びればすむ、ということか」

「そのとおりで。黒姫の徳兵衛の顔の立つだけの口銭を払えば、手打ちになりやす。しょせん盗っ人仲間のこと、世間並みのうるささはありやせん」

「できうるかぎり手早く探索をすすめるには、それしか手はないようだ。無理をさせてすまぬ」

　殺さず、犯さず。盗っ人の正道を貫く大親分と評されている無言の吉蔵が、他の盗っ人の手口を真似る。いわば、それまでの評判をかなぐり捨てて手を汚そうというのだ。その心意気に、蔵人はおもわず頭を下げていた。その仕草に吉蔵があわてて手を振った。

「とんでもねえ。裏火盗のひとりだとおもってるからやることでさ。あっしも、仁七も、雪絵さんも、この場にいる皆が、れっきとした裏火盗の仲間だ。死ぬも生きるも御頭と一緒と、覚悟を決めた付き合いをしている身。妙な斟酌は止しにしてくださいやし」

「裏火盗の仲間、か。そのとおりだ。武士も町人もない。探索のために命を賭ける。それが裏火盗の務めだ。ここにいる者、留守を守る多聞さんや柴田、木村、晋作ら、すべて等しく裏火盗の仲間なのだ」

「ありがてえ。そのおことばだけでも、喜んで死ねまさあ」

おもわず仁七が声を高めた。

吉蔵が、新九郎が、十四郎が、雪絵までもが黙然とうなずいていた。

「忍び込むは明日の深夜。朝飯を食ったら、それまでのんびりと気儘な時間を持ちやしょうや」

世間話でもするような吉蔵の物言いであった。

戸障子の隙間から、たおやかな朝の陽差しが漏れ入ってくる。小鳥のさえずりが重なり合って聞こえた。のどかな朝のひとときが座敷に忍び入って、あたり一面に立ち籠めていた。

四

本所菊川町は大身旗本や大名の下屋敷が密集する屋敷町であった。

蔵人たちが足場とする如月のある三十三間堂町から、木置場の掘割の枠を鉤(かぎ)状にすすみ、亀久(かめひさ)橋から崎川(さきかわ)橋まで行って左へ折れ、亥(い)ノ堀(ほり)川、斎藤堀とたどれば長谷川平蔵の私邸へ通じる菊川橋のたもとに出る。

猪牙舟でも仕立てれば、行きも帰りも何かと都合がよいようにおもえた。

が、吉蔵は忍び込む日の夕飯のあとに、

「汐見(しおみ)橋から入船町(いりふねちょう)へ抜け、平野川沿いにすすんで江島橋を渡り、洲崎(すさき)弁天から亥ノ堀川へ出る道をたどりやしょう」

と告げた。

新九郎と十四郎が首を傾げた。納得がいかない、といった顔つきだった。つづけた。

「水路を使うと足がつきやすいとおもいやしてね。それと、帰りは二手に分かれて逃げることにしやしょう」

「足取りを辿られぬための手立てだな」

問いかけた蔵人に目を向け、

「できれば三方に散りたいくらいで」

うむ、と蔵人はうなずいた。

如月の主人には吉蔵から、

「今夜は裏口を開けておいてくんな」

と話をつけてある。

心得顔で、

「上々の首尾を蔭ながら祈ってまさあ」

と主人は微笑んだそうな。

「いくら遅くなってもいいってことで。どこぞの屋台で、一杯やって引き上げるようにしやしょう。万が一、屋敷町で誰ぞに怪しまれて後をつけられても、飲み足りなくて深川へふらりと足をのばした呑助(のみすけ)とおもわれるよう振る舞ってくだせえ」

「間違っても、まっすぐ如月へもどる愚は犯さぬようにしよう」

笑みを含んだ蔵人に新九郎と十四郎が目顔で応えた。

出かける刻限となった。まず吉蔵、仁七、新九郎とつづき蔵人、最後に十四郎とひとりずつ如月を出て行った。雪絵は残り、如月に手入れがあるなど万一のときのつなぎをとることになっていた。

それぞれが何をやるかは決めてあった。吉蔵と仁七、新九郎の三人は忍び入る塀のあたりで落ち合うことになっていた。蔵人と十四郎はそれぞれが見張るあたりに潜むと決めてあった。

華宴を盗み出したあと、蔵人と新九郎が十四郎が見張りをしているところへ行き、合流して深川へ向かうことになっている。

菊川町の平蔵の屋敷あたりは夜の闇に包まれていた。厚い雲が垂れ込め、星ひとつ見えなかった。忍び込むには格好の夜とおもえた。

犬の遠吠えが一声聞こえたきり、あとは物音ひとつしない。耳をすませば近くの屋敷から鼾(いびき)でも聞こえてきそうなほどの静謐(せいひつ)が、あたりを支配していた。

先についているはずの吉蔵たちの姿がないところをみると、すでに忍び入っているのだろう。

大胆にも蔵人は、平蔵の塀の切れたあたりに刀を抱いて座りこんだ。膝に一升徳利をのせてある。如月を出るときに持ち出したものであった。傍目には安酒をしたたか煽った浪人が、泥酔して寝入ってしまった、としか見えなかった。

真似をするつもりか十四郎が、

「おれにも一升徳利を用意してくれ。見せかけではない。酒をなみなみと満たしたやつをな」

と主人にいっているのを出しなに背で聞いている。

おそらく十四郎も似たようなことをしているのだろう。そうおもうと蔵人は苦笑を禁じ得なかった。

蔵人を、血はつながらぬが兄と慕い、訪ねて来ては剣の鍛錬に励んだこともあった。微禄の直参の小倅（こせがれ）という身分ゆえ大身の旗本の子弟たちに疎んじられ、

「しょせん微禄の者は出世はできぬ。生まれながらにこぼれ落ちた身なのだ」

と世を恨み、拗（す）ねて無頼仲間に加わり、すさんだ日々を送った十四郎だった。

いまでも、

「御頭と呼ぶと、どうも他人行儀でいけねえ。ふたりだけのときは昔みたいに、蔵人さん、と呼ばせてもらうけど、いいかい」

といい、微笑みで応えたら、

「決まった。これからは、蔵人さん、と呼ぶことにするぜ。蔵人さん。やっぱり、この方が、何かといいやな」

と満面を笑み崩した。以来、ふたりになると、

「蔵人さん」

と呼びかけてくる。

再び聞こえた犬の遠吠えが、意識を現実に引き戻した。

心気を凝らす。

頭のなかで、平蔵が描いてくれた私邸の絵図をたどった。いまごろ吉蔵たちは忍び込んで庭を横切り、蔵の錠前をはずしているはずだった。

かかる時間を計った。

（早ければ小半刻ほどで終わるはず。そろそろ頃合い……）

耳をすますと足音がかすかに聞こえた気がした。吉蔵と仁七は足音を消す術を身につけている。

（おそらく新九郎……）

苦笑いを浮かべた。

（おれも似たようなもの）

とのおもいがかすめたからだ。

やがて……。

黒い影が塀屋根から身軽に降り立った。躰付きからみて仁七とおもえた。塀に沿って立ち、手をあげ風呂敷包みを受け取った。形から見て包み込まれているのは木箱とおもえた。

黒い影がさらにひとつ、塀屋根に片手を付いたまま飛んだ。塀に寄り添うように着地する。音はなかった。盗っ人被りをとると吉蔵の顔が剝き出しとなった。帯を解き、黒の小袖を裏返しに着直す。たちまち子持縞（こもちじま）の小袖にかわった。吉蔵に風呂敷包みを預け、盗っ人被りをはずして仁七が同じ仕草を繰り返した。小袖は手綱（たづな）模様のものとなった。

吉蔵が風呂敷包みを蔵人に掲げてみせ、にやり、とした。

ゆっくりと蔵人が立ち上がった。

塀屋根から新九郎が飛び降りる。

見とどけた吉蔵と仁七が、蔵人に向かって歩み寄った。ちらりと視線をからませただけで、行き交い、遠ざかっていく。

足を踏み出した蔵人は、待ち受けていた新九郎と肩を並べて、歩きだした。

黙って一升徳利を差し出す。

受け取った新九郎が木栓を引き抜き、ぐびり、と呑んだ。口に掌をあて、息を吐き出した。

「これくらい臭えば、誰もが酒を呑んでいるとおもうはず」

と笑った。

微笑みを返し蔵人は歩みをすすめた。塀の切れ目を左へ折れる。行く手に辻番所が見えた。その先を左へ曲がったあたりに、十四郎が潜んでいるはずだった。

四つ辻にさしかかると、平蔵の屋敷と隣家との境目あたりに、膝に徳利をのせた十四郎が塀に背をもたせかけて、酔ったふりの狸寝入りを決め込んでいた。

人の気配に薄目を開けた十四郎が気づいて、ゆっくりと立ち上がった。

尾行してくる者の気配はなかった。が、蔵人たちは二十間川にかかる蓬萊橋のたもとに出ている蕎麦の屋台をのぞいた。川辺に出て、掛け蕎麦をすすりながら、それぞれがぐるりに警戒の視線を走らせた。つけられていないことをたしかめ、如月へ足を向けた。

　座敷では吉蔵と仁七、雪絵が蔵人たちを待ち受けていた。

　顔を見るなり吉蔵が、

「この花器に間違いありやせんね」

　桐の箱の蓋（ふた）をとって、花器をとりだした。

「まさしく、華宴」

　坐した蔵人が手にとってまじまじと見つめた。

　その前に封紙（ふうじがみ）書付が置かれた。

「下し置いた旨が記された書付で」

　仁七がいった。

「鮮やかなものだ。忍び寄るときもそうだが、塀屋根に飛び乗り、飛び降りる足音も聞こえなかった」

　華宴を吉蔵に手渡した。

　木箱にしまいながら、

「置いてあったところに白紙を残しておきました。はずした錠前を蔵の前に、これみよがしに投げ捨てておきました。朝になれば、誰かが必ず気づくはずでございます」

「あとは、待つだけか」

「華宴を盗み出した経緯を、皆でさりげなく吹聴して回る。噂を聞きつけたら、おのれの手口を使われた黒姫の徳兵衛が必ず、どこの誰の仕業か探って、近づいてくるはず」

　うなずいた蔵人が、

「雪絵さん、すまんが明早朝、いつもの姿にもどって火盗改メの役宅へ出向いてくれ。屋敷から、どのような知らせがあるか知りたいでな」

　雪絵が黙って顎を引いた。

　翌早朝、水月へ向かった雪絵はお苑に手伝ってもらい、髷を粋筋の姐さん風の銀杏返しから、武家娘によくあるしの字に結い直し、小袖も多聞の助手をつとめているときのものに着替えた。

　清水門外の役宅へ着いたときには明六つ（午前六時）を過ぎていた。

門番に、

「貞岸寺裏に住まう結城の使いの者、御頭さまにお取り次ぎくださいませ」

と告げると奥の座敷へ通された。

小半刻（三十分）ほど待たされただろうか。平蔵が満面に笑みを浮かせて現れた。

「来たぞ来たぞ。用人め、大慌てで駆け込んできおった。わしの留守をいいことに、ゆるみきった気持で日々を過ごすからこういうことになる。天網恢々とは、まさしくこのことじゃ、と怒鳴りつけてやった。いい薬になったはずだ。おもわぬ効があったぞ」

といいつつ、向かい合って坐った。

「すでに御屋敷から火急の知らせがまいったのでございますね」

「そのことをたしかめにきたのであろう。首尾は上々と結城につたえてくれ」

「至急立ち戻って」

立ち上がろうとするのを手をあげて制し、

「もうひとつ」

「どのようなことでございますか」

坐り直した。

「読売に派手に書き立ててもらうことにした」

「読売に？」

「そうよ。わしの屋敷に忍び込み、家宝の豊太閤ゆかりの古董を盗み出した盗っ人を草の根分けても探しだし、厳罰に処してくれる、と鬼の平蔵が怒っている。目星はついている。盗んだ品が蔵してあったところに白紙を残すは、黒姫の徳兵衛なる盗っ人の手口だ、とな」

「それでは、長谷川さまの恥を天下にさらすことになりませぬか」

「よいではないか。一時のことにすぎぬ。それより一件を落着させるが先じゃ。相田を、いうことをきいてくれる文藻堂という読売の板元へ走らせた。今日のうちに手配をすませておく。早ければ明日、遅くとも明後日には町中に読売が出回るはずだ」

「わかりました。これにて」

雪絵が頭を下げた。

水月へ寄り、髷を銀杏返しに結い直し、小袖を町方風に着替えた雪絵は如月へ向かって足を早めた。

「恥も外聞もかなぐり捨てた、まさしく捨て身の策」

そういって蔵人は黙り込んだ。腕を組み、目を閉じた。

それが、若き御頭の沈思するときの癖であることを知る一同は、黙然と、ただ待った。

面子を重んじるのが武士である。盗っ人に家宝の品を奪われたことを表沙汰にするなど、つねなら、ありえぬ話とおもえた。

豊太閤ゆかりの古董を盗まれた大身の旗本たちは、その、

〈武士の面子〉

を守るために腐心し、

〈守りきれぬ〉

と覚った松尾重右衛門は切腹して果てたのだ。

(長谷川様の覚悟には決死の覚悟で応えねばならぬ)

ふう、と蔵人は息を吐き出した。

目を見開いた。

「十四郎、仁七、今から盗っ人など無頼どもが出入りしている賭場に顔を出し、豊太閤ゆかりの古董を持っている。表沙汰に出来ぬ理由があるる品だ。買い主を捜している。仲に立ってくれれば礼ははずむ、と噂になるよう、ことばをかけてまわってくれ」

仁七と十四郎が大きく顎を引いた。

「あっしも、賭場をまわりやしょう」

吉蔵が身を乗りだした。

「いや。この如月を動かずにいてくれ」

「それは」

「無言のお頭には、どんと控えておいてもらいたいのさ。この如月は盗っ人宿だ。どこの誰の目が光っているか、わからぬではないか」

「黒姫の徳兵衛の知り人が出入りしているかもしれねえ、ということですかい」

「そうだ。おれも用心棒としてそばに付き添う」

雪絵と新九郎に目を向けた。

「新九郎と雪絵さんは明日から町へ出て、板元を張り込み、瓦版売りが読売を売るところについてまわり、怪しげな素振りの者がいたら、見込み違いでもいい、後をつけて何者か探ってくれ」

雪絵と新九郎がうなずいた。

「出かけやす」

身軽に仁七が立ち上がった。

「おれも行く」

十四郎が大刀に手をのばした。

五

本所北割下水のあたりは微禄の旗本、御家人の屋敷が多い一帯であった。微禄の直参の家に育った十四郎の顔見知りも多数いるはずだった。

「知り人と出会ったら、何かと面倒なのでは」

と問うた仁七に、

「それもそうだな」

と十四郎がうなずいた。それで、仁七が本所界隈、十四郎は上野から浅草界隈の賭場をまわると決まった。

旗本、御家人のなかには無頼同然の暮らしをしている者も多数いた。やくざや遊び人とみえる輩(やから)が、往来をぶらつく姿も目につく。北割下水の周辺は大名や大身旗本の屋敷の建ちならぶ南割下水の屋敷町とは大違いの、小屋敷が密集した、みるからに貧相な一角であった。

仁七は、盗っ人のころにときどき出入りした、旗本屋敷にある賭場へ顔を出すつもりでいた。

(賭場が開帳されているかもしれない)

それはそれでよい、と判じていた。通りで妙に目をぎらつかせた荒(すさ)んだ様子の遊び人を見かけたら、後をつける。九割九分、賭場へ行きつくはずだった。

博奕(ばくち)好きの貧乏人は、欲にかられた余裕のない顔つきをしている。なけなしの銭を元手に博奕を打つ。負けたら、その日の飯にもありつけない。が、一度でも勝ったことがある輩は、そのときの濡れ手に粟のいいおもいを忘れられずに、賭場へ足を運ぶ。損したら、損を取り返そうと躍起になる。

「どこの賭場でも初めての客には一度は勝たせてくれるもの。博奕のおもしろさを教えてやり、賭場がよいをする気になるよう仕向けるための餌みてえなものさ」

博奕好きの盗っ人仲間が仁七に教えてくれたものだった。

その盗っ人は博奕の才がないのか、負けては仁七から、よく小銭を借りた。数度ほど返してもらったが、それきりになっている。その盗っ人が賭場でいかさまをやり、見破られて簀巻(すま)きにされ、川へ放り込まれて死んだからだ。

いずれにしろ、それ以来、

「博奕は魔物。手は、ださねえ」

と決めている。

記憶を頼りにその旗本の屋敷へ行くと月代(さかやき)をのばした、人相の悪い男が表門の潜り口から出てきた。門に唾を吐きかけたところをみると、有り金のほとんどを吸い上げられたのだろう。

潜り口には鍵はかかっていなかった。押し開けてなかへ入ると、髯面(ひげづら)の男が庭石に坐っている。仁七の顔をみると、奥を指さした。見張り番らしい。うなずいた仁七は、そのまま奥へ向かった。

奥の座敷で賭場が開かれていた。場には客が隙間なく坐っている。なかなかの盛況ぶりだった。屋敷の主なのだろう。寺銭の入った木箱を前に長い煙管(キセル)を咥(くわ)えた着流しの男が胡座(あぐら)をかいていた。髷を本多に結っているので武士とみえるが、そこらの遊び人と変わらない、荒みきった顔つきだった。

仁七は引き上げる客と入れ違いに勝負にくわわり、三度負けつづけて場から離れた。一休みする風を装って、壁に背をもたれて様子を窺った。盗っ人の兄貴分らしい男をみつけたら、

「豊太閤ゆかりの古董を持ってるんだが、買ってくれそうな金持ちの心当たりはねえかい。礼ははずむぜ」

と声をかけるつもりでいた。

二刻（四時間）ほどいたが、この賭場では、それらしき客は見つからなかった。

仁七は次の賭場へ向かおうと立ち上がった。


その日はめぼしい客は見あたらなかった。如月へ帰り吉蔵の座敷へ入った。蔵人たちが顔を揃えている。すでにもどっていた十四郎が、

「無駄足だったよ」

と頭をかいた。

四つ（午後十時）を告げる鐘が聞こえる。

「ご同様でさ」

坐った仁七に蔵人が声をかけた。

「見つかるまで、やるだけのこと。焦ることはない」

　無言で仁七が顎を引いた。

　翌日昼前に雪絵と新九郎が出かけた。

　浅草阿部川町にある読売の板元、文藻堂が目指すところであった。

　昼過ぎに仁七と十四郎が賭場まわりに出た。

　如月に残った蔵人に吉蔵がいった。

「読売が売り出されたら勝負は早いとおもいやすよ」

「なぜ、そうおもう」

「長谷川さまでさ」

「長谷川様？」

「なんせ鬼の平蔵さまだ。一睨みされたら、たいがいの盗っ人は躰が竦んで、身動きできなくなるはずで。まさに金縛りでさ」

「その鬼の家宝を盗んだとの濡れ衣を着せられたのだ。どこの誰が陥(おとしい)れたか、黒姫の徳兵衛は躍起になって探しだそうとしている。そういうことか」

「あっしなら、そうするということで」

にやり、としてつづけた。

「新九郎さんか雪絵さんのどちらかが、付け馬でも連れてくるんじゃねえかと」

「付け馬？」

「黒姫の徳兵衛という付け馬をね」

うなずき、蔵人は黙った。付け馬を連れてくるとしたら新九郎だろうか、それとも……。

その思考を吉蔵が断ち切った。

「あっしは雪絵さんだとおもいやすね」

問いかける目で見やった。

「雪絵さんは、もう盗っ人じゃねえ。心底堅気になっちまってる。こころが優しくなってるんでさ。病人、怪我人を相手に気配りしてるうちにね。盗っ人は、あらゆることを疑る。疑ってねえと、つねに用心してねえと我が身を守れねえ。大林さんもそうだが、雪絵さんにもそれが足りねえ。あっしは、そう感じてやす」

「黒姫の徳兵衛はひとり盗みをつづけてきたといっていたな」

「いつもひとりでさ。それが、鬼に睨まれた。相談する者もいねえ。震え上がってるんじゃねえですか、心の底からね」

「誰が手口を真似たか突き止め、あわよくば長谷川様の家宝をとりもどし、返そうとするかもしれない。おのれの濡れ衣を晴らすためにな」

相づちを打って、つづけた。

「黒姫の徳兵衛との顔合わせは、意外と早いんじゃねえかと」

「読売が売り出された日、ということもありうるか」

「旦那の勘働きもたいしたものですが、あっしの勘働きも捨てたものじゃありやせん」

笑みを浮かせた。

町家の蔭で、新九郎と雪絵が文藻堂の張り込みをはじめていた。小半刻（三十分）もしないうちに、読売の束を小脇に抱えた瓦版売りが、店から飛び出していった。まず新九郎が後をつける、と決めてあった。早足で瓦版売りを追った。

さらに半刻（一時間）ほどして、束を小脇にはさんだ上に、読売を入れた風呂敷包みを背負った、ふたりめの瓦版売りが出かけていった。ゆっくりとした足取りで雪絵がつけはじめた。

聳え立つ五重塔の宝珠が陽光を浴びて、燦めく黄金さながらに、神々しい威光を発している。鳩の群れが高々と舞い上がり、天空の遊歩を楽しんでいた。

本堂で唱えているのか、僧侶たちの読経の声が風に乗って聞こえてくる。

参詣客で賑わう金龍山浅草寺の風雷神門の、風神の脇に立ち、瓦版売りが手にした読売をかざしながら口上を述べ始めた。

「火付盗賊改方長官の長谷川平蔵さまのお屋敷に盗っ人が忍び入ったよ。家宝の豊太閤ゆかりの品が盗まれた。奪った古董が置いてあった場所に、白紙が一枚残されていた。その手口の盗っ人の見当はついている、と鬼の平蔵さま、おおいに怒った。盗っ人を捕らえて八つ裂きにするとえらい剣幕だ。くわしい顚末は、この読売に書いてある。買ったり買ったり」

あっという間に人だかりがして、読売が飛ぶように売れていく。雪絵も買い求めた。おもしろ可笑しく、事件のあらましが述べてあり、

〈ある火盗改メ同心が、盗みだしたは、おそらく黒姫の徳兵衛なる盗賊に違いない、と述べた〉

とも記してあった。

（これでは黒姫のお頭、生きた心地はしないはず）

雪絵は、気の毒にさえおもった。女盗だったころは、つねにぐるりに気を配り、一瞬も安穏なこころではいられなかった。多聞の手伝いとして、病人や怪我人の世話をしたり、診療を受ける母の代わりに、赤子をあやしたりしているときにおぼえる安らぎが、雪絵にはどんな高価な宝物より大切なこととおもえた。

が、いまは探索の任に就いている身であった。雪絵は、瓦版売りを見張れるところを探した。近くに茶店があった。茣蓙（ござ）を敷いた縁台に坐り、参詣の途中に一休みする風を装って、張り込みをつづけた。

瓦版売りは人が集まりそうなところを求めて、数ヶ所売る場所をかえた。そのたびに雪絵も張り込む位置をかえながら、見張りつづけた。読売は間断なく売れていった。二刻（四時間）ほどで読売を売り尽くし、瓦版売りは引き上げていった。

読売を買いに来た客のひとりひとりを、

（どこか怪しげな様子はないか）

と目を皿のようにして見つづけたが、とくに気にかかる者は見あたらなかった。

（役に立たなかった）

とのおもいが強い。

気を取り直して雪絵は如月へもどるべく歩をすすめた。

座敷に入った雪絵は、

「これが事件の顚末をつたえた読売です」

と懐から四つ折りした紙片をとりだし、吉蔵と蔵人の前に置いた。蔵人が手にして読み始めたとき、

「お客さま」

と戸障子ごしに呼びかける声がひびいた。如月の主人とおもえた。

「お入り」

吉蔵が応えた。蔵人が読みかけた読売を二つ折りにして懐に入れた。

戸障子を開け、

「お客さまで」

おずおずと顔をのぞかせた。

「客？」

眉を顰（ひそ）めた吉蔵の目が大きく見開かれた。主人の後ろから白髪まじりの男が顔を出した。

「無言の、悪さが過ぎるぜ」

いうなり座敷に踏み込んだ。

「待っていたよ、黒姫の」

「黒姫のお頭」

おもわず腰を浮かせて雪絵が呻いた。

蔵人は凝然と見据えた。

黒姫の徳兵衛は、御店で地道に勤め上げた年嵩の番頭、といった風体をしていた。吉蔵と似た年頃の、小柄で痩せ形の男だった。ただ目元が違っていた。底光りのする抜け目のない眼差しに、とげとげしい陰鬱なものが混じっていた。

吉蔵と向かい合って坐り、

「おれの手口を真似るなんざ、無言の吉蔵らしくねえ、小汚いやり口だぜ」

「そのことについちゃ、このとおり、腹の底から頭を下げさせてもらうぜ」

深々と頭を垂れた。

「正道をゆく大盗っ人と評判をとる無言の吉蔵が、道に外れたことをしでかしたんだ。それなりの理由があるはずだ。包み隠さず話してもらいてえ」

「実は、大恩ある人のために急にまとまった金が入り用になってな。それでおもいついたことなのさ」

「嘘じゃねえな」

「能瀬長右衛門さまという御旗本を知っているな」

おもわず息を呑んだ黒姫の徳兵衛の目が細められた。

わずかの間があった。

「知っている」

「その能瀬家の先代に、おれは一方ならぬ世話になったものさ。その能瀬家に盗っ人が入って家宝の淀の月という酒杯を奪われた。豊太閤ゆかりの品でな。同じ豊太閤ゆかりの古董を盗まれた、松尾重右衛門という御旗本が切腹された。家宝を盗まれた責めを負われたのだ」

「馬鹿なことを。家宝を盗られたくらいで腹を切ることもなかろうに」

「それが御武家のしきたりというやつさ。能瀬さまの御当主も責めを負わなきゃならねえ羽目に陥った。助かる道はただひとつ。上役の方々に、盗まれたのでなく粗相で壊してしまった。御許しを、と密かに頼んでまわらなきゃならなくなったってわけさ」

「それには多額の金がかかるということか」

「能瀬さまの蔵の、淀の月が置かれていた場所には白紙が一枚、残されていた。黒姫の、覚えがあるだろう。おまえさんのやり口だからね」

「ねえ、とはいわねえ。それで鬼の平蔵の屋敷にある家宝の、豊太閤ゆかりの品を盗んだというのかい。おれの手口を真似てよ」

「捕物上手の鬼の平蔵のとこから盗ったら、噂になろうとおもってな。鬼は激怒するに決まっている。どんな手立てを講じても、盗んだ品の置いてあったところに白紙一枚残して去った盗っ人を捕らえようとするだろう。おれでも鬼の平蔵は怖い。黒姫の徳兵衛も、おそらく同じおもいだろう。で、手口を真似た奴をまずは探しだそうとするに違いない、とふんだわけさ」

吉蔵の話はすべて作り話だった。蔵人は、黒姫の徳兵衛がやって来たときに話すことを、吉蔵があらかじめ組み立てていたと推断し、その深謀に驚かされていた。

吐き捨てるように徳兵衛がいった。

「家宝を返せ、といわれても無理だぜ。銭にしたからな」

「いったはずだ。能瀬家の安泰を計るには多額の銭がいる、とな。豊太閤ゆかりの古董を高く買い取ってくれる相手がいるんだろう」

「調べたようだな。豊太閤ゆかりの品が相次いで盗み出されていることを」

吉蔵が不敵な笑みを浮かべた。

「鬼の他にも、豊太閤ゆかりの品を家宝としている、旗本や大名がいるってこともな」

「買い主と引き合わせてもいい。ただし、口銭をもらいてえ。なんせ鬼に睨まれた身だ。生きた心地がしねえ。江戸を離れてえのさ。どこへ行くにも金がいる」

「よかろう。売値の一割じゃどうだい」

「半分」

「三割で手を打ちねえ。こっちも銭が必要なんだ」

「四割。なんせ長い旅に出るんだ。盗みを仕掛けるにも知らねえ土地じゃ、調べごともおもうようにはかどらねえ。これ以上、引けねえよ」

「四割か。仕方ねえ。それで手を打とう。で、いつ引き合わせてくれる」

「いますぐでもいいぜ」

「用心棒がわりの手下を連れていく。いきなり白刃(しらは)のご馳走なんて羽目に陥るかもしれねえからな」

「それはねえよ」

「おめえはここで待っていな。手下どもがもどってきたら、帰ってくるまでここにいろとつたえるんだ」

雪絵に顔を向けた。

「結城さん、聞いてのとおりだ。出かけるぜ」

目を向けて、

「好きにしな」

「連れていくぜ」

「わかりました」

雪絵が顎を引いた。

「結城さん、どうやら付け馬が福の神に変わったようだぜ」

ふてぶてしい笑みを浮かべた。

立ち上がり、胴田貫を差しながら蔵人も不敵な笑みで応えた。

東叡山寛永寺の大伽藍が、威容を誇って聳え立っている。すでに陽は落ち、空は茜色から黒みがかった藍色に染め上げられていた。

料理茶屋の建ちならぶ不忍池沿いの道を行き、池之端仲町と茅町を区切る通りを左へ折れて、一つ目の四つ角を右へ向かうと湯島切通町となる。

その店は湯島天神裏の切り通しに面していた。

〈古董　唐戸屋〉

との文字が彫られた、木目を生かした洒落た軒看板がある以外は、ふつうの、大きめの町家と変わらぬ、およそ御店らしくない佇まいだった。

表戸を開け、黒姫の徳兵衛が声をかけると、四十がらみの手代風の男が顔を出し、座敷へ案内してくれた。

ほどなく主人が現れ、徳兵衛と向かい合って坐った。脇に控える吉蔵と背後にいる蔵人に視線を走らせ、告げた。

「当家の主人で喜三郎と申します。売りたい古董を持参されたとのこと。どのような品か、拝見させていただきます」

唐戸屋喜三郎は四十そこその、いかつい躰つきの男だった。眉が太く、眼光が鋭い。色が黒くて、およそ商人らしからぬ顔つきだった。

「豊太閤ゆかりの古董で。ただし、ある御旗本の屋敷から盗み出した品でございやす。ここに控えるは無言の吉蔵という、盗みはすれど殺さず、犯さずの盗っ人の正道を貫いたお頭で。連れは手下の用心棒で結城さんと申しやす」

告げた徳兵衛に、

「豊太閤ゆかりの品なら、盗品にてもかまいませぬ。高値で買い取らせていただきます」

眉一つ動かさずに言い放った。

唐戸屋喜三郎の一挙手一投足も見逃すまい、と蔵人は目を向けた。

吉蔵が差し出した桐の箱の蓋をとり、なかから花器『華宴』をとりだした。姿勢をただして、しげしげと見つめる。

動きに無駄がなかった。

(武術の心得があるのでは)

唐突に湧いたおもいに蔵人は途惑っていた。

唐戸屋は古董を扱う商人である。武術の心得があろうはずがなかった。

そのおもいを抱かせた理由(わけ)を探りだそうと、蔵人はさらに唐戸屋を見据えた。

第四章　策(さく)　　計(けい)

一

　唐戸屋喜三郎は箱に入れてあった封書を手にした。封を開く。

「老中首座松平定信さまより火付盗賊改方長官長谷川平蔵さまへ、探索の功を愛でて下賜する、と記された一年ほど前につくられた書付でございますな」

　ふむ、と首を傾げた。

つねの定信らしからぬ気遣いがここにもあった。盗み出される数日前の日付が書かれている書付では、

〈拝領して、まもなく盗み出したことになる。偶然にしては、あまりにも都合がよい話ではないか〉

　との疑念を抱かれるかもしれなかった。が、一年前から屋敷に蔵されていたと

なれば、

〈調べ上げたら、豊臣家ゆかりの古董が長谷川さまの屋敷に蔵されている〉

との噂を聞き込み忍び込んだといっても、決して不自然ではない時の流れがあった。

唐戸屋は書付を封につつみなおし、前に置いた。

「この封書はお返ししましょう」

「要らぬとおっしゃるので」

問いかけた吉蔵に、

「売り先に余計なおもいをさせる必要はないとおもいましてね。先方が欲しいのは戦国のころ、徳川家康公が関白豊臣秀吉公より拝領した品々。公儀御文庫を調べることの出来るお立場の方なれば、箱書に花器『華宴』と記されていれば、その品がどこのどなたのものであったかわかりまする。それで十分」

そういって唐戸屋は敷物とした袱紗（ふくさ）ごと華宴を手にとり、箱へしまった。

蓋を閉め、

「三百両で買い取らせていただきます」

「そいつは安い」

黒姫の徳兵衛が不満げな声をあげた。

問いかける眼差しで唐戸屋が顔を向けた。

「あっしと無言の吉蔵さんのふたりがかりの仕事だ。一声では足りねえ。あと二声ほど値を上げていただかねえと承服しかねます」

「二声ですか」

首を傾げた。指で算盤を弾くような動きをした。

「一声百両として、二百両。そういうことですかな」

「びた一文、まけませんぜ」

顔を突き出した。

「となると、五百両ですか。ちょっと高い気もするが」

首を捻った。

瞬きひとつせず、黒姫の徳兵衛は唐戸屋を見据えている。

吉蔵は素知らぬ顔でそっぽを向いていた。売値のやりとりはまかせた、といった様子だった。

(なにせ四割の取り分。値をつり上げればつり上げるだけ儲けが増える。黒姫の徳兵衛も必死だ)

傍から興味深くながめていた蔵人の目は、唐戸屋の手元に注がれていた。その掌には、竹刀胼胝(しないだこ)がみえた。

(生半可な修行では、とてもできぬほどの胼胝の厚み。かなりの剣の使い手)

と判じていた。

しばしの間があった。

中指でゆっくりと膝を叩いて思案していた唐戸屋の動きがとまった。

「いいでしょう。五百両で手を打ちましょう」

「よかった。色よい返事をもらえなかったら売り先を探さなきゃならねえ。そうおもっておりやした」

上目遣いに見た黒姫の徳兵衛が、にやり、とした。

「代価をもってきます。待っていてくださいな」

立ち上がろうとしたのへ、

「もうひとつお話がありますんで」

坐り直した唐戸屋が、

「どんなことですかな」

「これが最後の取引と考えておりやす。後のことは無言のお頭と相談してすすめられるが一番かと。今まで儲けさせてもらった恩返しのつもりの仲介で」

「わたしは黒姫のお頭を信頼しております。お頭のおことばにしたがいましょう」

「ありがてえ」

向き直った。

「無言の、聞いてのとおりだ。盗っ人のおれがいうのはおこがましいが、唐戸屋の旦那は信用できるお人だ。あれこれと注文は出るだろうが、しのごのいわずに引き受けてくんな。吉蔵さんなら朝飯前のことだとおもうんでな」

「気遣い、ありがとうよ。旅立ちの餞別（せんべつ）、はずませてもらうぜ」

頭を下げた吉蔵のことばを聞きとがめ、

「どこかに行かれるので」

と唐戸屋が問うた。

「ちょっとやり過ぎましてね。しばらくほとぼりを冷まそうと、どことい って行く当てのない旅に出ますのさ」

応えた黒姫に、

「それでは、わたしにも餞別を出させてくださいな。華宴の代価ともども用意してきますよ」

立ち上がった。

〈摑み所のない男〉

それが唐戸屋に対する蔵人の正直なおもいであった。

唐戸屋が返してよこした、松平定信から平蔵にあてた封書を手にした蔵人は、引き上げてきてからのことを思い起こしていた。

華宴の代価を受け取った三人は如月へもどった。吉蔵から、分け前の二百両と餞別の五十両を受け取った黒姫の徳兵衛は、

「住んでいた長屋を引き払って、明日にでも江戸をたつことにするよ」

といって立ち去った。

仁七と十四郎はまだ賭場廻りからもどっていない。

新九郎は、華宴の代価の残り二百五十両を水月へ預けにいった、雪絵の用心棒をつとめるべく出かけている。連れだって歩くと目立つ、というので少し離れてついて行くとの段取りになっていた。

〈華宴の商いにつき復申仕り候……〉

との文言より始まる、蔵人から平蔵へ宛てた書付が、金子を包んだ紫の袱紗包みに添えられていた。書付には、華宴の代価、黒姫の徳兵衛に支払った分け前と餞別のこと、買い主の唐戸屋喜三郎について知り得たことなどが記されていた。

雪絵が書付と金子を預け、翌朝、お苑が火盗改メの役宅へ向かうことになっていた。代価はそのまま平蔵に預かってもらう、とあらかじめ決めてあった。

いま、あてがわれた座敷で蔵人は、向後の探索について思案を重ねていた。

十四郎と仁七の役目は、唐戸屋とのつなぎがとれた以上、終わったことになる。

（明日から唐戸屋を見張らせねばなるまい。木村と晋作を呼びよせるか）

十四郎、仁七の組と二交代で張り込ませる。いずれ唐戸屋は華宴を売りに買い取り先へ出向くはずだった。それは明日かもしれない。

蔵人は、明朝早く、新九郎を木村又次郎と真野晋作、柴田源之進の三人が住む、浅草田圃そばの貸家へ出向かせると決めた。雪絵を行かせるわけにはいかなかった。髷の形や出で立ちが、多聞の助手をつとめるときの武家娘の姿とは変わっている。療治にくる顔見知りの者たちと出会ったら、変に勘ぐられ、疑念を抱かれたりして、あらぬ噂を立てられる恐れがあった。

（裏火盗はあくまで蔭の組織。まわりに気づかれぬよう、用心の上に用心を重ね

なければならぬ）

こころに、そう言い聞かせた。

まず華宴を売りに出かける唐戸屋の後をつけ、商い先を突き止める。

華宴を売り払ったら、新たな古董が必要となるはずであった。

〈近くへ来たふりをして唐戸屋を訪ねる〉

まだ盗品の古董が必要なら、蔵人を気分よく受け入れてくれるはず、とふんでいた。

後は出たとこ勝負ですすめていくしかない。

豊太閤ゆかりの古董が、伊勢神戸藩主本多忠奝の藩邸の蔵におさめられていることは、定信の洩らした一言によりわかっている。

〈唐戸屋から、豊太閤ゆかりの古董が欲しいと頼まれたら、とりあえず伊勢神戸藩の藩邸に忍び込んで盗んでくる〉

そう腹をくっていた。

十四郎、仁七、雪絵、新九郎と間をおかずに帰ってきて、吉蔵の座敷に集まった。

「唐戸屋喜三郎が豊太閤ゆかりの古董の買い取り先」

と蔵人が告げた。

探索の手立てが、新たなものに変わることを察したのか、一同に緊迫が走った。

仁七と十四郎に唐戸屋の張り込みをするよう命じた蔵人は、新九郎に、

「木村と晋作へのつなぎを頼まれてくれ。明早朝、浅草田圃そばの貸家へ出向き、仁七、十四郎と合流し、唐戸屋を見張る手立てを相談しあって、二交代で張り込むよう、つたえるのだ」

新九郎が緊迫を漲らせて顎を引いた。

二

新九郎から蔵人の下知を告げられた木村又次郎と真野晋作は、湯島天神へ急いだ。朝五つ（午前八時）に、湯島台突端にある湯島天神本殿の後ろ、切り通しへ降りる石段の脇にある戸隠（とがくし）神社の下で待ち合わせる、と決められていたからだった。

ふたりが約束の場へ行くと、石段の端に腰をかけた人待ち顔の十四郎がみえた。

気づいた十四郎がゆっくりと立ち上がり、挨拶代わりか片手を掲げた。

歩み寄った木村が、

「仁七は？」

「唐戸屋を見張っている。張り込みやすい茶屋を見つけて、つなぎをつける段取りになっている」

「まずは張り込む場所探しか」

ぐるりを見渡した。

湯島天満宮ともいう湯島天神の周囲には、芝居小屋や揚弓場(ようきゅうば)、売薬香具店、料理茶屋や茶店、男色を売る陰間(かげま)茶屋などがあり、江戸の遊所のひとつとなっていた。

唐戸屋のある湯島切通町は、湯島天満宮の二方を囲むように位置している。幸いなことに張り込む場所には不自由しなかった。

唐戸屋の表を見張ることのできる、料理茶屋がみつかった。

［東雲(しののめ)］

という瀟洒(しょうしゃ)なつくりの茶屋だった。このあたりは、いわゆる岡場所で、内実は娼妓を抱えていて、表構えだけは料理茶屋といった店がほとんどだった。東雲は、めずらしく料理が売り物の茶屋だった。ただし、客が望めば、女は手配してくれるようだった。

当然、女を手配して客にあてがった方が商いになる。数日、泊まり込んで上野界隈をめぐる男四人は、店からすると、あまり喜ばしい客ではないようだった。しかも、切り通しを見通せる座敷、という注文がついている。渋る茶屋の男衆に十四郎が一分金を握らせ、やっと東雲にあがることができた。

座敷に入ると十四郎は、木村と晋作を残して仁七を迎えに出かけた。水茶屋の奥の茣蓙を敷いた縁台に坐り、仁七は茶をすすっていた。目は唐戸屋に据えられている。

「さすがだな、仁七」

隣りに坐り、注文を聞きに来た茶汲女に、

「汁粉をたのまあ。小豆を奮発してくれ」

と声をかけた十四郎が唐戸屋の店先を見やって、

「ここからだとよく見える。のぞきこまないと、通りからはいるのがわからなかった」

と袖をまくりあげて、腕をさすった。

呆れ顔でしげしげと見ていた仁七が、

「よくまあ、朝っぱらから汁粉みたいな甘いもんが食えますね。ありゃあ、女子供の食い物ですぜ」

「そういうな。うまいものはうまいのだ」

「そのくせ酒をやりだしたら浴びるほど呑む。甘党なのか辛党なのか、さっぱりわからねえ。料理人泣かせの舌ってやつでさ」

「甘いものも辛いものもうまい。おれは何でも喰らう。好き嫌いがない重宝な舌の持ち主なんだ」

得意げに胸をそらし、鼻をひくつかせた。

「汁粉ができたようだ」

満面に笑みを浮かせた。

茶汲女が運んできた汁粉を一気に食べ、箸を置いた十四郎が、

「木村さんと晋作がお待ちかねだ。急ごう」

と立ち上がり、片手拝みをした。

「すまん。手元不如意でな。汁粉代、払っといてくれ」

「これだ。たまには馳走になりたいもので」

にやり、として懐から巾着をとりだした。

ふたりが東雲の座敷にもどって、小半刻（三十分）もしないうちに、唐戸屋から四十がらみの男が出てきた。値の張りそうな出で立ちをしている。羽織を着て、大事そうに風呂敷包みを抱えている。大きさからみて木箱のようにおもえた。

十四郎も仁七も、唐戸屋喜三郎の顔を知らない。華宴の取引に立ち合った蔵人が、

「ほんとのところは、おれが張り込むのが一番いいのだが、向後しばしば無言の吉蔵の用心棒として唐戸屋に出入りする気でいる。それも、うるさがられるほどにな。それゆえ、いま唐戸屋のまわりをうろつくわけにはいかぬ。吉蔵も盗っ人のお頭として振る舞わねばならぬ。張り込みにつきあうことは、控えるべきであろう」

といい、喜三郎の顔、姿形を事細かに仁七と十四郎に告げたのだった。

細めに開けた障子窓のそばに坐って見張っていた仁七が、

「御頭から聞いた唐戸屋の人相によく似ている。違ってるかもしれねえが、とり

あえずつけてみまさあ」

立ち上がった。

「後は頼むぜ。唐戸屋の主人の容子についちゃ、十分話したつもりだ」

腰を浮かせた十四郎に、

「十分とはいかぬが、あらかた、わかった。ちゃんと見張っておくよ」

応えた木村に、

「あらかた、かい。十分すぎるくらい話したつもりだぜ」

と返し、

「おれも行く」

と早足で後を追った。

「木村さん、まずはわたしが」

晋作が窓障子に身を寄せ、隙間から唐戸屋の店先に目を向けた。

「何かあったら声をかけてくれ。長丁場になりそうだ。一寝入りさせてもらう」

木村は横になって肘枕をした。

まず仁七が、少し離れて十四郎がつづいた。

ゆったりした足取りで歩いていく、唐戸屋の後ろ姿をみて、仁七がおもわず舌を鳴らした。

（隙がねえ）

間を詰めたいのだが、わずかでも近寄ったら、振り向きざま一跳びして襲いかかってくる。そんな威圧感がその背中にあった。

　蔵人のことばが脳裏に浮いた。

「竹刀胼胝がある。それもかなりの修行を積まぬとできぬほどのものだ。古董を購う商人が、なぜ剣の錬磨を重ねたのか。ただの剣術好きなのかもしれぬ。が、ただ好きというだけでは厳しい鍛錬に耐えられるものではない。わからぬ」

と独り言のようにつぶやいたのを、耳にとめていたのだった。

（蔵人の旦那ほどではないが、達者な腕に違えねえ）

　切り通しのはずれを右へ折れた唐戸屋は、湯島天神裏門坂通りをすすんでいる。下谷広小路の手前を再び右へ折れた。このあたりは、東叡山寛永寺の門前町ともいうべき一帯であった。風光明媚な不忍池が間近なこともあって、茶屋や料理屋、蕎麦屋などがつらなり殷賑を極めていた。鳥居丹波守の屋敷の塀が切れたところを唐戸屋は左へ曲がった。

仁七は心底、

(困った)

とおもった。

上野大門町、下谷長者町の町家を過ぎると、旗本や大名の屋敷がつづく屋敷町となる。人の往来の多い町家の通りでの尾行でも、

(気づかれぬよう尾行するには手強い相手)

とみえる唐戸屋である。めったに人と出くわすこともない屋敷町で、うまくつけられるかどうか、かくたる自信はなかった。

盗っ人稼業で身につけた足音を消す業も、姿を曝さざるをえない尾行では、さほどの役に立つともおもえなかった。

(ままよ。気づかれたら、それまでのこと)

腹をくくった。

仁七の後から行く十四郎も、唐戸屋の隙のない歩きぶりには驚かされていた。一時は剣で身を立てようと真摯に修行を重ねた。蔵人ほどではないにしても、剣の業前にはそれなりの自信もある。

〈おれといい勝負か、少し上〉

そう見立てていた。

（皆伝なみの使い手、尾行に気づかぬはずがない）

尾行をやめるわけにはいかなかった。

（まずは仁七。次におれが咎められたら、とことんとぼけるだけよ）

ふてぶてしい笑みを片頬に浮かせた。


佐竹右京太夫の屋敷を左手にみてすすむと、三味線堀に突き当たる。唐戸屋は河岸道を左へ折れ、さらに右へ曲がって下谷七軒町の通りへ出た。道の両側に細い堀が掘られている。その堀を渡るための小橋が、幾つもつらなって架けられていた。華蔵院門前町を過ぎると、壮大な門構えの大名屋敷があった。

表門へ通じる石橋を渡った唐戸屋が、物見窓ごしに声をかけている。やがて門脇の片開きの潜り門が中から開けられた。腰を屈めて丁重に挨拶し、入っていく。

その様子を仁七は門前町の町家の蔭から見つめていた。

（不可解なやつ）

とのおもいが強い。

唐戸屋はあきらかに尾行に気づいていた。それも、

〈気づいているぞ〉

と、あからさまに動作で表してみせたのだ。三味線堀の水辺に立ち止まり、いきなり振り向いたものだった。

　塀がつらなる屋敷町のことである。身の隠しようがなかった。横を向いて素知らぬ振りを装うしか手がなかった。おそらく十四郎も、似たようなものだったろう。

　仁七は、門前町の茶店の莨蓙を敷いた縁台に坐り、大名屋敷の表門を見張っていた。奥の縁台に十四郎が腰掛けて、串団子を食べながら茶をすすっている。

　屋敷の主は岩城肥後守。郡山四万二千石の大名であった。唐戸屋が入っていったのは郡山藩上屋敷だった。

　いま仁七は、店先に置かれた縁台に腰を下ろし、はっきりと姿をさらしている。尾行を見破られている以上、小細工は無用と考えていた。

　一刻（二時間）ほどして唐戸屋が出てきた。何も手にしていなかった。ということは、風呂敷包みの中味は郡山藩の藩邸に置いてきたことになる。

（古董の商いをすませてきたのだ）

　ゆったりとした足取りで、唐戸屋が茶店の前を通りすぎていく。仁七に気づいているはずだが、その気振(けぶり)もみせなかった。

目を正面に据えたまま唐戸屋は歩きつづけ、店にもどった。見届けた仁七は十四郎を東雲に残し、如月へ向かった。


「尾行されても気にもかけなかったか。面妖な……」

つぶやいて蔵人は黙り込んだ。復申した仁七も黙然と坐している。座敷には吉蔵と新九郎、戸襖の脇に外に気を配る雪絵の姿があった。

しばしの沈黙があった。

「唐戸屋のこと、急ぎ調べねばならぬな」

目を向け、

「仁七、十四郎を引き上げさせろ。ふたりで唐戸屋のことを調べるのだ。木村と晋作にはひきつづき唐戸屋を張り込むようつたえろ。出入りする者に気を配り、疑わしき者がいたら後をつけて所在をたしかめる。身辺はこちらで調べるから、動きはそこまででよい、とな」

「わかりやした」

身軽に立ち上がった。

「雪絵さん、火盗改メの役宅へ出向き、長谷川様に明日、できれば昼前に水月で会合を持ちたい。相田殿も同道願いたい。急ぎの探索あり。手伝ってほしい、と申しているとな。それと」

「それと」

鸚鵡返しした雪絵に、

「その足で多聞さんの診療所に向かい、柴田と代わってくれ。柴田に調べさせることがある。長谷川様と出会う刻限に水月に来てくれ、とつたえてくれ」

「それでは、わたしは、もう」

途惑いを浮かせた雪絵に、横合いから吉蔵が、

「唐戸屋との関わりはついた。後は荒事になるかもしれねえ。雪絵さんには不向きなお務めだ。わかるね」

黙って雪絵がうなずいた。

「多聞さんに動いてもらう日も近い。そのときは診療所の留守を守って、万全のことはできなくとも病人、怪我人の面倒を見ることになる。こころして務めてほしい」

じっと見やった蔵人を見つめ返し、

「水月へ寄り、髷と出で立ちを武家風にととのえて、清水門外の役宅へまわります。長谷川さまから、会合の刻限を決めてもらい、再び水月にもどり、髪と身形を町人風に変えて如月に顔を出します。御頭に刻限をつたえた後、もう一度水月に行き、姿形を武家風にもどしてから貞岸寺裏の診療所へ向かいます」

「そうしてくれ」

「それでは」

頭を下げ、雪絵が腰を浮かせた。

三

船宿水月は神田川沿いの平右衛門町にある。雪絵から、

「長谷川さまは、相田さまと共に朝五つ半までに水月に入られる由」

との復申を受けていた。

新緑の葉を風に揺らした柳のさわやかさに、蔵人はふと足を止め、神田川の岸辺に立った。

朝の陽差しが映えた川面に、流れがさまざまな波紋をつくりだして燦めき、す

ぐに消えては、新たな形を生み出して去っていく。

まさに千変万化の景色であった。

まばゆさに目を細め、軽く息を吐いた。こころの屈託が薄らいだかのような感覚にとらわれていた。

神田川の水音が耳に染み入ってくる。

水月の二階の窓辺から見下ろすことの多いこの川を、蔵人は嫌いではなかった。

浅草御門から西を上平右衛門町、東を下平右衛門町といった。

いま蔵人が立つあたりは、上平右衛門町の石切河岸と呼ばれるあたりであった。

〈「あたけ松寿司」なる堺屋松五郎の店あり。うまし〉

と江戸の名店を網羅した『江戸名物酒飯手引草』に紹介された、

「あたけ松寿司」

が近くにあり、食通たちの評判をとっていた。蔵人も食べにいったことがあるが、一緒に食した水月の料理人ともいうべき仁七が、

「これはうまい」

と舌鼓をうったほどであった。酢飯の、酢の具合が、ほどよいしつこさで寿司種それぞれのうま味がさらりと引き出されていた。

（いま一度出向こう）

とおもいながら務めに追われ、なかなかその機会が見いだせずにいる。

櫓を漕ぐ、きしみ音が聞こえた。

みると、猪牙舟が一艘、大川へ向かって下っている。深編笠をかぶった着流しの、大身旗本の忍び姿とみゆる武士が真ん中辺に坐っていた。朝から深川あたりの遊里へ繰り込むのであろう。

その忍び姿が平蔵をおもいおこさせた。

（同じに見えても、いつ何時、白刃の舞いを演じることになるかもしれぬ見廻りの出で立ち。はたして、どちらがいい暮らし振りなのか……）

命がけで武士の本分を全うして生きるのも一生なら、のんびりと、おのれの楽しみだけを追い求め、小難しいことをできるだけ避けて生きるのも、命の使い方なのだ。正直いって、このごろの蔵人は、

（どちらでも、人それぞれの生き様。一つしか与えられていない命。おのれが使いたいように使う。それでいいのではないか）

とおもうようになっていた。

（不思議だ）

とおもう。
こころの変わり様が、である。
むかしは、おのれの生き様と他の生き方を比べて、
〈あのような放埓。許し難い〉
とか、
〈自堕落極まる。武士として情けない〉
などと憤り、
〈武士とはかくあるべき。農民はこうすべき。職人は、商人とは……〉
と四角四面に考え、外れているときは罵ったりしたものだった。
それが、裏火盗の任について探索を重ねるうちに、
〈世に害毒を流し、悪を重ねる理不尽を為さぬかぎり、どのような生き様でもいいではないか〉
とおもうようになっている。
――恨み
――辛み
――嫉み

それら、焦燥や怒りを生み出す念を抱きながら、日々生きていくことが煩わしいと感じるようになっている蔵人であった。

〈浮生若夢〉

である。李白の詩『春夜宴桃李園序』の一節に、

「天地は万物の逆旅にして、光陰は百代の過客なり。浮生は夢の若し、歓を為すこと幾何ぞ」

とある。

〈人生は定めがつかず、はかない〉

という意味である。

（はかなくて、定めのない人生なら、人それぞれ、こころのままに生きるがよい）

とおもいはじめているのだった。

――この世の理不尽を断つ

そのためには鬼にも蛇にもなる、と決めている。それがおのれの望む生き様だとの信念があった。

（この世には理不尽を為されても耐えるしかない人々が多数いる。微力だが、少しでも、それらの人々の役に立ちたい）

と願うのだ。

神田川の流れは休むことなく大川へ向かっている。水が枯れるまで、絶え間なく、この動きはつづくのだろう。

一陣の風に柳の葉が大きく揺れた。

そのざわめきが蔵人を思索の淵から引き戻した。

(この命あるかぎり、行く)

踵を返した。その眼は行く手に据えられていた。

「岩城肥後守の古董好きは、幕閣では知らぬ者がおらぬほどのものだ。しかし、盗品にまで手をだすとはな」

苦々しいものが平蔵の物言いにあった。その名を呼び捨てたことからみても、こころよくおもっていないことはあきらかだった。

水月の二階の、いつもの座敷に平蔵と向かい合って蔵人、左右に相田倫太郎と柴田源之進が控えている。

ことばを重ねた。

「岩城家はいわゆる外様大名だ。多くの外様諸藩が取り潰されてきたなか、しぶとく生き残ってきたのだ。それが、なぜ、いま、豊太閤ゆかりの古董など欲しがる。解せぬ」

首を傾げ、つづけた。

「岩城家上屋敷に忍び込み、まこと旗本たちゆかりの古董が蔵されているかどうか調べる必要があるな」

「証となる古董の一品でも盗み出せれば、岩城肥後守様が御老中首座の検分を拒んだ旗本諸家の、豊太閤ゆかりの古董盗みの黒幕、ということがはっきりしますな」

応えた蔵人に、

「無言の吉蔵一味に一働きしてもらうか。わしも協力する。公儀からあてがわれた屋敷だ。御上に絵図面が残されている。郡山藩上屋敷はじめ中、下屋敷の絵図面を手に入れよう」

「おもしろい。盗っ人の用心棒として働きがいのある盗み」

蔵人が不敵な笑みを浮かべた。

「相田、向後は結城の指示をあおげ。裏火盗の探索を手伝うのだ」

告げた平蔵に、

「望むところ。さきほど打ち合わせた通り、柴田殿と唐戸屋喜三郎なる者のこと、事細かに調べ上げてみせます。のう、柴田殿」

胸をそらせた。

「それぞれ何を調べ上げるか、段取りを話し合いましょうぞ」

応えた柴田に蔵人が、

「そのこと、仁七と十四郎にも命じてある。摑み得たことを細かく知らせあい、できるだけ無駄なく動いてくれ」

ふたりが同時に顎を引いた。

「探索を終えるまで水月を足場とするがよい。船宿のこと、誰が出入りしても怪しまれぬ。おれからお苑にいって、二部屋、手配してもらう」

「拙者（せっしゃ）は相部屋でもかまいませぬ」

横から相田がいい、柴田も、

「船宿は座敷を使っての商い。相部屋でよろしいかと」

「そうか。その気配り、つたえたら仁七もお苑も喜ぶだろう」

微笑んで、蔵人がふたりを見やった。

その日の昼八つ（午後二時）すぎ、蔵人は湯島切り通しに面した、唐戸屋の前にいた。

東雲の二階から木村又次郎と真野晋作が見張っているに違いなかった。つねは張り込む側にある身が見られている立場にある。妙な気持だった。振り返ってみたい衝動にかられた。

（おそらくふたりも、苦笑いをして顔でも見合わせているかもしれぬ）

素知らぬ振りをして唐戸屋の表戸に手をかけた。

中に入り、声をかけると番頭が顔を出した。露骨に警戒の視線を向けてきた。

唐戸屋喜三郎に会いたい、と告げると、坪庭に面した座敷へ案内された。障子窓が細めに開けてあった。隙間から差し込んだ陽光が畳を浮きたたせ、まわりとは違った模様をつくりだしていた。

苔（こけ）を這わせた盛り土の脇に、苔むした石灯籠が置いてある。躑躅（つつじ）が植えられ、赤、白、紫の可憐な花を咲かせていた。いかにも古董屋の坪庭らしく侘（わ）びと抑えた華麗さが同居しているように感じられた。

ほどなく廊下を踏む音が聞こえ、

「入らせていただきます」

て坐った。

との声がかかり、戸襖が開けられた。唐戸屋喜三郎が入ってきて、向かい合って坐った。

「実は、気がかりなことがあってな。どうにも頭を離れぬ。それで来たのだ」

「気がかりなこと？」

問いかけて蔵人を見つめた。

「竹刀胼胝のことよ。並大抵の修行では、それまでの胼胝はできぬ。いまは盗っ人の用心棒に成り下がっているが、一度は剣士の道を歩もうと、一心不乱の錬磨に明け暮れた身。なぜ古董屋のおぬしが厳しい鍛錬に励んだのか、興味が湧いた。その興味の深さに負けて、な、やってきたのだ」

唐戸屋は表情を動かすことのない男だった。問いかけに、瞬きひとつせず応えた。

「以前は武士でございました。そのころの暮らしの習慣が抜けず、いまでも木刀を毎朝、打ち振っております る」

「毎朝、か。それは熱心な」

じっと見つめて、つづけた。

「ぶしつけな願いだが、一手御指南願いたい」

「それは、ちと」

「是非に」

唐戸屋が首を傾げた。

ややあって、いった。

「いいでしょう。たまには、他流の方と打ち合うのも一興。裏庭にて勝負いたしましょう」

「勝負、とな」

「そうです。戯れ事では無意味。死力を振りしぼってやりあうからこそ修行になる」

「これは手厳しい。望むところ」

正直いって蔵人は驚いていた。唐戸屋には、隠し事をする気がないようにおもわれた。警戒する様子さえみえない。なぜ、これほど、問われたことに、いともあっさりと応えられるのか。腹の底を読み切れなかった。おそらく、仁七らに尾行させたのが誰なのか、ということも推測しつくした上で、対応しているに違いないのだ。

尾行を命じたのが無言の吉蔵だと推断しているとしたら、どうなのか。不意にやってきた蔵人が吉蔵の一味であることは、はっきりしている。それなのに、なぜ……。

その思案を唐戸屋が断ち切った。

「無楽流を少々」

長野無楽斎槿露が編み出した無楽流は、居合術を秘伝とする林崎夢想流と、ふつうの刀よりも、柄が二寸（約六センチ）長い長柄刀を用いる、田宮流の二派の業を取り入れ完成した流派であった。会津藩をはじめ奥州諸藩に伝えられ修得されてきた剣法だった。

「鞍馬古流を修行した」

「鞍馬古流？」

「天狗をよそおった京の陰陽師鬼一法眼が、幼名牛若丸こと源義経に授けたとされる流派でな。役小角を始祖とする、熊野の修験道を学ぶ行者たちが研鑽錬磨の果てに編み出した、おのれの身を守るための術が、魔王尊を本尊とする鞍馬の行者たちによって集大成された流派ときいているが」

「鞍馬古流。はじめて対する流派、楽しみですな」

それまでの無表情が嘘のような笑みを浮かせた。

唐戸屋の裏庭は三十畳ほどの広さがあった。木刀で打ち合うには十分な広さであった。

よほど剣術が好きなのか十数本もの木刀が備えてあった。そのなかからふつうの長さの木刀を選んだ蔵人は、長柄の木刀を左手に持ち、柄に右手をかけた唐戸屋と対峙(たいじ)した。

隙がなかった。

「歩く後ろ姿に隙がなかった」

と仁七と十四郎から聞いていたが、

〈話以上の腕前〉

と驚かされていた。

右下段に蔵人が構えたとき、

「まいる」

声を発して唐戸屋が動いた。瞬時に間合いが詰まった。

(刀を突き出しても二寸弱、躰にとどかぬ)

と計った蔵人だったが、居合の早業で抜き出された木刀に、

（やられる）

と判じて、迫る切っ先を叩き、横へ飛んだ。さらに追い迫る木刀を避けて飛び退った。唐戸屋は次の攻撃を仕掛けてこなかった。

勝負はあきらかだった。続けざまに打ち込まれたら、体勢を立て直せぬまま逃げ回るだけのことになる。

「負けた」

木刀をひいた。

「まだ勝負はついてはおりませぬ」

唐戸屋が再び居合の構えをとった。

「いや、真剣なら、おれの負けだ。長柄の長さを測っておらなんだ。間断なく次の居合を仕掛けられたら、防ぎきれるものではない」

木刀を胸の前に差し出した。

「工夫して、今一度勝負を挑みにくる」

「いつでも」

唐戸屋が笑みで応えた。

四

如月へもどったときには、すでに陽が落ちていた。あてがわれた座敷には、すでに仁七と十四郎がもどっていた。

〈無言の吉蔵ほどのお頭に、用心棒のひとりもついていないのはおかしい、と傍からおもわれるのではないか〉

との蔵人の配慮で、如月に残っていた新九郎は、いま水月へ出向いている、という。

「水月へ」

問いかけた蔵人に仁七が、

「長谷川さまから何やら届けられたので取りに来て欲しい、とお苑が書付を寄越したそうで」

「それで、出かけたのか」

平蔵からの届け物ということになると、おそらく郡山藩の上、中、下屋敷の絵図であろう。

（いつもながら手際のよいことだ）

とおもった。公儀御文庫へ出向き、拝領屋敷の絵図を手配するだけのこととはいえ、わずか半日しかたっていないのだ。

「旦那、唐戸屋のことですがね。あっしの勘だが、ありゃ、けっこう食わせ者かもしれねえ」

傍らで、十四郎がうなずいてみせた。

「食わせ者？」

「まわりで聞き込みをかけやしたが、湯島切通町に店を構えたのが、十年ほど前だそうで。番頭とふたりだけの男所帯で、近所との付き合いはねえそうで」

「近所づきあいがない、だと」

「で、どこでどういう暮らしをしてきたのか、知っている者がいないんで。それと、不思議なこと、いや、近所の者たちが気味悪がっていることといったほうがいいかもしれやせんが」

「あるのか」

「へい。浪人者の出入りが多い。それも同じ顔ぶれらしいんで」

「何人ほどだ」

「はっきりと数えたことはないが、ざっと十数人ほどだと」

「おれが聞き込んだ茶屋の男衆も、十数人はいるといっていた。いつ娼妓にいたずらされるかわからないんで、気をつけているそうな」

十四郎が口をはさんだ。蔵人が仁七を見やった。

「いつも同じ顔ぶれだというのか」

「へい。一月に二度ほど会合があるようで。それが、十年間、ずっとつづいているそうで」

「十年間つづいている、だと……」

近所から気味悪がられても不思議はない、とおもった。

「あっしは盗っ人の一味じゃねえかと」

真顔だった。

「そうは見えぬが」

武張って見えるが、表情に乏しい、陰鬱な顔が脳裏に浮かんだ。

（何かに似ている）

何に似ているのか、探った。

（仏像だ）

それも、微かに俯いた立ち姿で彫られることの多い普悲観音に似ている。観世音菩薩は六道の衆生を救済するため、身を三十三身に現じて誓願すると言い伝えられている。その観音の本誓で現す姿の一身が、普悲観音であった。

(陰鬱と見えるは、ひとりのこころには仕舞いきれぬほどの深い悲しみを秘めているからかもしれぬ)

ふと湧いたおもいに蔵人は途惑った。二度しか会っていない唐戸屋喜三郎に、なぜ、これほどまでに囚われるのか。名状し難いこころの動きであった。

立ち合ったときの太刀捌きにおもいを馳せた。

(なぜ遅れをとったのか)

唐戸屋喜三郎の動きを脳裏で追った。流れるような所作であった。どこにも気負ったところがない……そこまで辿ったとき、閃くものがあった。

(殺気が、いや、闘うときに誰もが発する烈々たる気を感じとることができなかった)

気を、どこか遠くに置き忘れてきたかのような……。

「死人の剣」

おもわず口に出していた。

「死人の剣？」

ほとんど同時に声をあげた仁七と十四郎が、訝しげに顔を見合わせた。

「いや、実はな」

唐戸屋を訪ね、立ち合ったことを語って聞かせた。

「旦那が負けるとはね。それほどの腕とはおもわなかった。尾行に気づかれたと察したときも、何の恐れもいだきませんでしたぜ」

はっ、として、仁七がつづけた。

「それで、死人の剣」

「そうだ。魂魄だけが残ってこの世をさ迷っている。現世に躰は残っていて、生きていると見えるが、身は捨てて死んだも同然とでもいうべきなのか……」

苦い笑みを浮かせた。

「うまくはいえぬ。一度、死と向き合い、死の座に着いたことのある、おれだから感じ得ることなのかもしれぬ」

「……旦那は死の淵から立ちもどってきた男だ、と長谷川さまがおっしゃったことがありやした」

しみじみとした口調だった。

「無楽流、といっていた」

「無楽流？　剣術の流派ですかい」

「奥州諸藩に主に取り入れられ、指南されている流派だ」

十四郎が声をあげた。

「岩城肥後守を藩主とする郡山藩も奥州諸藩のひとつだ」

「旦那」

「御頭」

「仁七、十四郎。奥州諸藩にかかわることに、探索の糸口となる事柄が隠されているかもしれぬぞ」

「唐戸屋は、郡山藩に盗み出した豊太閤ゆかりの古董を売りつけているはず。古董があるかどうか、たしかめたほうが」

身を乗りだした仁七に、

「そのこと、長谷川様もいわれていた。吉蔵の知恵が要る。無言の吉蔵一味にもう一働きしてもらうことになる」

「おもしろい。一働きでも二働きでも、やらかしますぜ」

それが癖の、唇を歪めた笑みを浮かべた。

吉蔵の前に三枚の絵図面が置かれていた。郡山藩の上、中、下屋敷の絵図面だった。水月に出向き、新九郎がお苑から受け取ってきたものだった。

絵図面を囲んで吉蔵、蔵人、仁七、十四郎、新九郎の五人が坐していた。三枚もの絵図面を広げている。吉蔵の座敷が手狭に感じられた。

「上屋敷に忍び込みやしょう。盗みだされた豊太閤ゆかりの古董は、上屋敷の蔵におさめられているはず」

「盗っ人の勘か」

問うた蔵人に吉蔵が無言でうなずいた。

「おれも、そうおもう。参勤交代で江戸に詰めたとき藩主が住み暮らすのが、上屋敷だ。岩城肥後守の古董好きは有名だ。度を越しているとの悪評もある。気に入ったものはそばに置いて、いつも眺めていたいものだ」

「明日の夜にも忍び込みやしょう」

「蔵は三つ。どの蔵にしまわれているかだが」

絵図面をのぞきこんだ蔵人に吉蔵が、

「まず警戒が厳重そうな蔵から調べやしょう。大事なものは丁重に扱うのが人の常で」

不敵な笑みをくれた。

「そうさな」

ことばをきった蔵人が、

「此度は見廻りの者に当て身などくらわせて、盗っ人が押し入った証拠をあからさまに残しておこう」

怪訝そうな目を向けた一同に、さらに、ことばを重ねた。

「岩城肥後守と唐戸屋が、どう動くか見てみたいでな。誘いの水をかけてみようというのだ」

「御頭たちが警戒に当たる家臣らを倒している間に、仁七とふたりで狙いの古董を盗み出せばいいので」

吉蔵の問いかけに蔵人が応えた。

「そうだ」

「警戒しねえで盗みに精を出せる。腕によりをかけて、どんな錠前も外してみせますぜ」

仁七が袖をまくって腕をさすった。

「新九郎はおれと一緒に屋敷に忍び込む。十四郎は見張り役に徹してくれ」

口を尖らせた十四郎が、

「また見張り役か。一緒に忍び込ませてもらいてえ。一暴れしたくて、うずうずしてるんだ」

「御頭の鞍馬古流も、おれが習い覚えた皇神道流も熊野、吉野の修験者がおのが身を守るためにつくりあげていった武術だ。険しい山河を渡る術、激流のなかに突出した岩から岩へ飛び移る法など、忍びさながらの業もある。ただの剣術とは、わけが違うのだ。あきらめろ」

「たしかにそうだが。しかし、新九郎からいわれるのは、ちと筋が違う気がする……」

無念さに顔を顰めた十四郎に蔵人が、

「それぞれに得手があるのだ。見張りでは役不足だろうが、ぬかりなく頼む」

「承知しました。泣く子と地頭には勝てぬ、というが、おれの場合は泣く子と御頭には勝てぬというやつだ」

うむ、と自分を納得させるように大きく顎を引いた。

そんな十四郎を、蔵人たちが笑みを含んで見やっている。

五

翌朝、十四郎は水月へ出向いた。暁七つ（午前四時）を少しまわった、空が白むには少し間がある頃合いである。叩き起こされたお苑は、寝惚け眼でふたりを起こしに座敷へ向かった。声をかけられ、無理矢理起こされて、いまだ眠気のさめない柴田源之進と相田倫太郎に十四郎は、
――過去十数年の間に、奥州諸藩のいずこかで何か異変があったかどうか
――唐戸屋喜三郎が湯島切通町に構えた店は、どこの家主、地主の所有であったか。仲介したのは誰か。喜三郎の過去を洗いざらい調べ上げること
――番頭の身辺、過去。十数人にものぼる唐戸屋へ出入りする浪人たちのことの三点の探索に仕掛かるように、と指示し、いままで知り得たことを記した蔵人の書付を手渡して、
「おれと仁七、新九郎の三人も明日から探索に加わる。できるだけ多くのことを調べ上げておいてほしい」
と言い置いて帰っていった。

「神尾殿は、いつもあの調子だ。自分の都合しか考えぬ。聞きたいことがあるかもしれぬというのに、さっさと引き上げるとは言語道断」

さすがに腹が立ったのか相田が憤りを露わにした。

蔵人の書付を読んでいた柴田が、

「唐戸屋喜三郎はもと武士。無楽流の使い手だというぞ。無楽流は会津藩など奥州諸藩にて藩士のほとんどが修行する剣術の流派、とある。相田殿、まずは公儀御文庫へ出向き、奥州諸藩で過去十数年の間に起きた異変について調べよう。次に調べるのは湯島切通町の名主にあたり、唐戸屋に土地と家屋を譲った者を探しだすのだ」

「公儀御文庫に同道し、調べ物をする手続きをとったら、拙者は名主のところへ向かう。二手に分かれて動いたほうが何かとはかどるはず」

さきほどまでの怒りを忘れて、相田はやる気を漲(みなぎ)らせた。

浅草寺の鐘の音が四つ（午後十時）を告げている。打ち終わったら、わずかの時を置いて、折り返し九つ（午前零時）の時鐘が鳴る、新吉原の名主たちの要望をいれて、商いの時刻を長くするための、ほぼ一刻（二時間）遅れの四つの時鐘であった。

強盗頭巾をかぶった蔵人と新九郎は、郡山藩上屋敷の、一番蔵近くの低木の蔭にいた。背後で盗っ人被りをした吉蔵と仁七が様子をうかがっている。

一番蔵の前には六人の藩士が警固にあたっていた。

小声で蔵人が告げた。

「新九郎、騒がれては何かと面倒。峰打ちで一気に片付けよう」

「三人ずつ、始末するのですな」

「そうだ」

刀の鯉口を切った。新九郎もそれにならった。

「行くぞ」

立ち上がり、走った。新九郎がつづく。藩士たちが気づいたときは、すでに遅かった。大刀を抜きはなったふたりが斬りかかり、右へ左へと刃を返した。

瞬きの間の出来事だった。

六人は首筋や肩を打たれて気絶し、地面に横たわっていた。

見届けた吉蔵と仁七が扉に駆け寄った。

藩士たちを蔵の脇に引きずって隠した蔵人たちは、蔵の脇に身を潜め、ぐるりに警戒の視線を注いだ。

仁七が膝をつき錠前に顔を寄せた。数本の畳針を鍵穴に突っ込み、何度か動かしているうちに錠が外れた。

扉を開け、ふたりが入った。なかから扉が閉められた。

ほどなく扉が開けられ、木箱を抱えた仁七と吉蔵が出てきた。そのまま塀へ向かって走る。物陰から飛び出した蔵人と新九郎が後を追った。

小半刻（三十分）もかからなかった。忍び入ったときと逆の道筋をたどった吉蔵たちは、華蔵院との境の塀を乗り越え、塀際に降り立った。

境内を横切り、表門近くの塀から逃れ出る。

取り囲む堀の、塀際の狭い土手に降りた四人は、まず強盗頭巾と盗っ人被りをとった。

堀に架けられた、石橋の向こう岸の橋詰めに、十四郎が徳利を手に座りこんでいた。酔っぱらいがうたた寝をしているようにみえた。

石橋を渡った蔵人たちに気づいて、十四郎が立ち上がった。

風呂敷包みを片手に提げた仁七と吉蔵が、少し遅れて蔵人と新九郎、十四郎の三人がゆったりとした足取りで歩いていく。

下谷七軒町は何事もなかったかのように寝静まっていた。

如月にもどった五人は、吉蔵の座敷に集まり、盗み出した古董をあらためた。

桐の箱を開けると、蓋の裏に箱書が記されていた。

〈酒杯　淀の月〉

とあった。能瀬長右衛門の屋敷から盗み出された、御神君徳川家康公より拝領した豊太閤ゆかりの古董に違いなかった。

「やはり買い取っていたのは岩城肥後守であったか」

じっと見つめて蔵人がいった。

「古董がおさめられた木箱が、きちんと棚に並べてありましたぜ」

吐き捨てるように仁七がいった。吉蔵がことばを継いだ。

「岩城肥後守が唐戸屋の商い先だということが、これではっきりしやした」

「仁七、明朝六つに清水門外の役宅へ着くように如月を出る。そのつもりで支度しておいてくれ」

「わかりやした」

「十四郎は東雲に行き、木村たちから唐戸屋の様子を聞きとってきてくれ。新九郎は水月に向かい、柴田らを手伝え」

十四郎と新九郎が無言でうなずいた。

「わたしにも働かせておくんなさい。日がな一日、座敷のなかにいると退屈でいけねえ。それに躰がなまりまさあ」

「そうよな」

首を傾げた。

吉蔵に目を向け、いった。

「郡山藩上屋敷を張り込んでくれ」

「やっと裏火盗らしいお務めができやすね。わずかなことでも見逃すものじゃござんせん」

「おれは唐戸屋を訪ねる。剣の工夫がついたとか、幾らでも理由はつけられる」

不敵な笑みを浮かべ、つづけた。

「長谷川様に淀の月を手渡したら、水月へ行く。十四郎は用が終わり次第、水月へ向かってくれ。新九郎は相田と柴田ともども、水月でおれが行くのを待っていてくれ」

一同が無言でうなずいた。

蔵人は火盗改メの役宅の、庭に面した奥の間で平蔵と向かい合っていた。仁七は庭先に控えている。

「郡山藩上屋敷の一番蔵に、能瀬の先祖が御神君より拝領した、この古董がおさめられていたのか」

箱から袱紗ごと酒杯〈淀の月〉を取りだし、しげしげと眺めた。

「豊太閤ゆかりの品、というだけで、さほどの逸品ともおもえぬが」

箱にもどして、

「もっとも、古董に興味のない身。良さがわからぬ、というのが正直なところだがな」

顔を向け、つづけた。

「仁七、御苦労だったな。無言の吉蔵一味の盗み、最後の詰めにさしかかったというところか」

「ちと物足りない気もしやすが、仕方ありませんや」

「そうか。仕方ないか。だいぶ血が騒いでいるようだな」

「ご推察のとおりで。身に染みついた垢は、なかなか落ちねえものだと、恐ろしいおもいをしておりやす」

「恐ろしいか。やっと堅気の暮らしに馴れてきたようだな」

「へい。おかげさまで」

微笑んでうなずいた仁七から蔵人に目を向け、平蔵が告げた。

「蔵人、唐戸屋の動き、解せぬ。わしらの企みに乗った、とおもえぬこともない」

「企みに乗った、と申しますと」

「わしが華宴を盗まれた、と読売を通じて騒ぎ立てたこと、すべて仕組まれたものと知っての上で買いとった。そうはおもわぬか」

「しかし、何のために」

「そこよ。事を表沙汰にし、公儀が動かざるを得ぬよう追い詰めるのが狙いなのかもしれぬ」

「追い詰める」

「そうだ。追い詰めるのだ。もし、郡山藩、いや岩城肥後守に何らかの恨みを抱いている者がいるとすれば、どうなる。それも、ただの恨みではない。地に潜み蠢いて、血の涙を流しながら歯を食いしばり、おのが命は、すでに無きものと決めて、ただ積年の恨みを晴らすためにだけ生き抜く。戦国の世なら、滅ぼされた主家を再興するために、ただそれだけのために、おのが命を使う落武者のような」

「死人の剣……」

おもわず口にした、そのことばに蔵人自身驚いていた。

「死人の剣？」

鸚鵡返しした平蔵に、蔵人は唐戸屋喜三郎の竹刀胼胝が気にかかり、訪ねて、立ち合いを挑んだことを語って聞かせた。

「無楽流の使い手と申すか」

「それも、達人と呼べるほどの腕前。攻めるにも退くにも、剣士は誰でも烈々たる気を発するもの。しかし、唐戸屋には、それが感じられませぬ。まるで浮遊する魂魄が剣を振るっているかのような、つかみどころのない……」

「それで、死人の剣か」

うむ、と唸って、黙り込んだ。

「……無楽流は奥州諸藩が好んで取り入れた流派であったな」

「如何様」

「奥州諸藩か」

再び黙した。

はっ、として中天を見据えた。

「もしや、あのこと……」

「何かありましたか」

「十数年、いや、それよりずっと前のことかもしれぬ。わしも、よく覚えておらぬ」

「十数年前に奥州諸藩に異変があったのでございますな」

「調べる。事がみえたら、つなぎをとる」

「唐戸屋のこと、さらに探りをいれまする」

「こころしてかかれ。深い根を持つ、おもいもかけぬ大事やもしれぬぞ」

「承知」

応えた蔵人の脳裏に唐戸屋喜三郎の、感情の失せた、陰鬱極まる顔が浮かび上がった。

第五章　凶手

一

「それでは十五年前に粂石藩が、城主戸沢伊勢守の乱行が因で改易の上、取り潰しの憂き目にあっているというのか」

声を高めて蔵人が柴田源之進に問うた。

「如何様。戸沢伊勢守様と嫡子真佐丸様の切腹の検分役と、城明け渡しの受城使を命じられ、粂石城へ出向いたのが、隣国郡山藩の城主岩城肥後守であった、と調べ書に記されております」

船宿水月の二階の座敷に坐した相田倫太郎、神尾十四郎、仁七たちに緊迫が走った。

「粂石藩は奥州諸藩の一つ。修行する剣法として、無楽流を研鑽錬磨した家臣も数多くいるはず」

誰に聞かせるともなくつぶやいた蔵人に、相田が、

「粂石藩と唐戸屋がつながりましたぞ」

「つながった？」

「湯島切通町の唐戸屋の家屋を、いずれの地主、家主から手に入れたか、名主を手がかりに手繰っていきましたところ、地主が判明しました。家屋も地主の持ち物で、その言によればお取り潰しになった粂石藩出入りの商人の仲立ちにより、唐戸屋喜三郎を知り、譲ったと申しておりました。唐戸屋は中古の家屋を手に入れ、店らしくしたと。携わった大工は名主が仲介したといっておりました」

「粂石藩出入りの商人がつないだ売り買いだというのか」

「仲立ちしたのは南茅場町（みなみかやばちょう）の物産問屋千倉屋仙右衛門（ちくらやせんえもん）。下手に聞き込みをかければ唐戸屋喜三郎に話が通じる恐れあり、とおもい、いまだ接してはおりませぬ」

「……それでいい。粂石藩取り潰しの後も付き合いがつづいているのだ。唐戸屋と気脈を通じている者とみるべきであろう」

黙った蔵人に十四郎が、

「木村さんと真野が張り込む東雲の隣りの座敷に、昨夜から浪人ふたりが泊まり

込んだそうだ。古びた小袖を着流した、みるからに尾羽うち枯らした容子、とても東雲に出入りできる懐具合ではないようにおもえる。それで仲居に小銭を握らせ、聞いたら」

「唐戸屋の客だというのか」

「生まれ在所から出てきた知り人だとの触れこみだそうだ。木村さんも真野もおおいに困っている」

「困っている？」

「外へ出ると後を追うように座敷から出てくる。ためしに外を一回りしてくるとつけてくる。いまは逆にこっちが見張られている有様だと、木村さんがぼやいていた」

「水月まで尾行がついたのではないか」

「それはない。策を弄したからな」

にやり、として、つづけた。

「まず真野が、それから木村さんが外へ出た。ふたりとも座敷から出て行ったのを見届けて、おれは東雲を出た。それも裏口からな。尾行にも気を配った。その気配はなかった」

「そうか。木村たちに見張りがついたか」

まったく予測していなかった。唐戸屋は番頭と主人の喜三郎ふたりの男所帯、としか考えていなかった。不覚、というべきことであった。

(このままふたりに張り込みをつづけさせても、無意味ではないのか)

とのおもいがかすめた。不意打ちがあるかもしれない、との予感もあった。

視線を宙に浮かせた。

木村たちの身と張り込みから得られる結果を計った。

わずかの間があった。

「十四郎、木村たちのところに今一度向かってくれ。引き上げさせるのだ」

「つけられるかもしれませぬ」

「つけさせろ。しつこく、つきまとってきたら、うまくまくか攻撃して生け捕りにするか、木村の判断をあおげ」

「木村さんの探索上手は認める。指示にしたがおう」

「新九郎を連れて行け。生け捕りにするときに役に立つ」

「三人より四人のほうがいいに決まっている。新九郎に行を共にしてもらえば鬼に金棒並みだ」

「並みとは何だ。鬼に金棒と、正直にいえ」

笑みを含んで新九郎がいった。

十四郎は、にやり、としただけだった。

「相田殿」

呼びかけた蔵人に、

「何か」

「清水門外の役宅にもどって『一緒に行っていただきたいところがある。そのことにつき会合を持ちたい。六つ半には水月にもどれるので待ち合わせたい』と長谷川様につたえてくれぬか。相田殿にも同席してもらいたい」

「如何様。ただちに立ち帰り、首に縄をつけても連れてまいりましょう。結城さんは、これから？」

「唐戸屋に出向くことにする。今一度、無楽流と立ち合ってみたいでな。十四郎から少し遅れて、出かけることにする」

「あっしは、どういたしやしょう」

身を乗りだして仁七が聞いた。

「吉蔵が郡山藩上屋敷を張り込んでいる。探しだして共に見張れ。柴田は、再度、公儀御文庫へ出向いて、粂石藩断絶について徹底的に調べあげろ。郡山藩との間になにやら確執があったかもしれぬ」

「委細承知」

「散れ」

一同が立ち上がった。

小高い丘とも見える湯島台の天辺（てっぺん）へ向かって、湯島天神裏参道の石段がのびている。その先に鳥居が高々と威勢を示して聳（そび）えていた。

切り通しを唐戸屋へ向かってすすむ蔵人には、湯島天神と戸隠（とがくし）神社が、甍（いらか）をわずかに重ねあい、連なってみえた。

ほどなく東雲といったあたりで、新九郎を先頭にやってくる木村、十四郎、晋作の四人と出会った。

素知らぬ顔で行き違う。そのとき、木村が目線で背後を示した。

応じた蔵人が視線を移すと、背後から月代（さかやき）を伸ばした四十を少し過ぎたと思われる着流しの浪人がふたり、歩いてくる。目は木村たちに据えられていた。着古した小袖、無精髭を生やした、いかにも食い詰め浪人といった容子からみて、東雲で隣りの座敷に居座ったふたりに相違なかった。

身のこなしからみて浪人たちの業前は、

〈新九郎や十四郎が上。晋作とは、いい勝負。木村より少し上といったところか〉

と判じていた。しつこくつけまわされ、生け捕りにせねばならぬ事態にたちいたったとしても、さほど手こずることはあるまい、とおもわれた。

唐戸屋の表戸を開け、蔵人は声をかけた。

奥から現れたのは番頭ではなく、唐戸屋喜三郎だった。

「ご主人みずからのお出ましとは恐れ入る」

唐戸屋が微笑んだ。いつもの陰鬱さとはうってかわった、蔭のない笑顔だった。

「待っておりました。これほどまでに剣術好きとは、われながら驚いております。腕が鳴るというか。どの業で仕掛けてみようかなどと思案していると、浮世の憂さも忘れてしまいましたよ」

「それは嬉しいことだ。実は何一つ工夫が浮かばなかったので、立ち合って太刀筋を見極めてやろうとおもってやってきたのだ」

じっと蔵人を見つめた。

「久しぶりに、一流の剣士たらんと修行に邁進（まいしん）した昔にもどったような気がしているのですよ。結城さんの剣には濁りがない」

「濁りっぱなしだ。なんせ盗っ人の用心棒ですからな」

「わたしには、そうはおもえません。剣は心なり。心正しからずば剣また正しからず、と剣の師から聞かされてきました」

「それは、買いかぶりというもの。ただ照れるだけで何の愛想もありませぬぞ」

笑った。

「まず粗茶など。番頭が出かけておりますので、たいしたもてなしもできませぬが」

行きかけたのへ、

「いや、このまま裏庭にまわらせてもらう。立ち合いが楽しみできたのだ」

「そうですか。それでは」

土間に降り立った唐戸屋は雪駄を履き、裏へつづく暖簾をくぐった。

木刀をぶつけ合う甲高い、乾いた音が響いた。前日と違って唐戸屋は居合の構えから斬りかかり、攻撃の手を休めることなく打ち込んできた。蔵人も受け続けた。

長柄の木刀を手にした唐戸屋との間合いを計るのは、困難を極めた。柄(つか)の端ぎりぎりを摑んで繰り出す突きは、片手で突いてくるときと両手、両手から片手へと変化するときとでは、刀身が伸び縮みするかのような錯覚を覚えて、防戦を強いられた。

気合いを発するのみの、無心の打ち合いが半刻(一時間)ほどつづいた。

稽古を終え、廊下に坐って肌脱ぎになり汗を拭く蔵人に、顔を拭きながら唐戸屋が、

「お出入りしている郡山藩の上屋敷に盗っ人が忍び込みましてね。張り番の方々を当て身で倒して、わたしが商った、さるお旗本の屋敷から盗みとった御神君より拝領の豊太閤ゆかりの古董が、今度は逆に盗みだされました」

「それは、大騒ぎであろうな」

「上屋敷ちかくに、田宮流の町道場を開いている知り人がいましてね。なにせ盗品を商っていること、何があるかわからない。直接上屋敷よりお使いが来るのも、後々のことを考えると何かと差し障りがある。それで、なにがしかのお礼をさしあげて緊急の場合のつなぎを頼んでおりましたが、昨早朝、門弟のご浪人が知らせにこられて」

「それで奪われたと知ったのか」

「さようで」

「何者が忍び入ったのであろうか」

　とぼけた蔵人を、ちらりと見やって、

「先日、売っていただいた花器『華宴』を持って、郡山藩上屋敷に商いに出かけました。その折り、遊び人風の男と浪人者のふたりにつけられました。間を置いてつける。ひとりが尾行に気づかれても、残るひとりが後をつけるとの仕組み。探索事に慣れた者たちとおもわれます」

「つけた者たちに心当たりがあるのか」

「ございませせぬ。尾行のことを茂吉に話しましたら」

「茂吉？」

「番頭の名でございます。その茂吉が東雲の男衆と近所同士のこと、立ち話をしたとおもってください。男衆がいうには得体のしれぬ浪人たちがいる。入れ替わり出かけたりするが、必ずふたりは座敷に残っている。切り通しに面した座敷という注文で泊まり込んだ客。ひょっとしたら、どこぞを見張っているのではないかと」

「それで気をつけてみたのだな」

「教えられたその座敷を遠眼鏡で見ましたところ、細めにあけた障子窓から見ている目線の先は、まさしく当家でございました」

「それは厄介な……」

「古董屋の看板を掲げ、堅気の商いしかしておらぬ風をよそおってはおりますが、盗品を扱うとの噂は出回っているはず。人の口に戸はたてられませぬ」

「御用の筋だとおもうのか」

「おそらくは」

「探りを入れたのか」

「茂吉を町道場に走らせ、門弟ふたりを手配りしていただき、東雲の、不審な浪人たちのいる座敷の隣りに昨夜から泊まらせました」

「そうか」

「で、今朝方、わたしが遠眼鏡で見張っていましたところ、おもいもかけぬことを見いだしました」

「おもいもかけぬ、とは」

「郡山藩上屋敷へ出向いた折り、つけてきていたふたりのうちのひとりと見ゆる浪人が二人連れで東雲に入っていき、しばしの間を置いて、張り込んでいたとおもえるふたりと共に出てきたのでございます」

「張り込んでいた者と尾行してきた浪人が仲間だったと申すのか」

いったものの蔵人は内心、おのれの不覚をおもいしらされていた。仁七も十四郎も、

「唐戸屋に尾行を気づかれた」

と復申していた。それを知りながら十四郎を使いに出したのは、ほかならぬ蔵人自身であったのだ。

（張り込みに気づかれているかもしれぬ）

と気を配るべきであった。臍をかむおもいでいる蔵人を、唐戸屋が発したことばが驚かせた。

「この日の来るのを待っていたのかもしれませぬ」

「待っていた？」

合点がいかなかった。

「できうれば張り込んでいた者たちが、隠密の探索を務めとする御上の手の者であれば、と願っているのです」

どう問うていいのか、蔵人にはわからなかった。しげしげと見つめた。

唐戸屋は宙に視線を浮かせていた。どこか、はるか彼方を見ている、そんな眼差しだった。

ややあって、

「結城さん、もう一度あなたと稽古をしたい。わたしは、あなたと」

いいかけてことばを切った。口にしていいかどうか逡巡している。そんな気配が感じられた。顔を向けて、唐戸屋がつづけた。

「あなたと、張り込んでいた浪人たちは、お仲間のような気がする」

曖昧な笑みで応えた蔵人に、何の駆け引きもみえない、真摯な顔つきでいった。

「必ず、もう一度来ると約定してください。短いつきあいだが剣の仲間として、あなたの潔い太刀捌きと、もう一度触れ合いたい」

「……必ず、来る。そのとき、腹を割った話をしたい」

「そのときに」

ふたりは、じっと見つめ合った。

蔵人のなかで不思議なおもいが駆け巡っていた。唐戸屋の目から陰鬱な光が失せていた。一点の曇りもない、潔い、爽やかささえ感じる眼差しだった。

（何かが、ふっ切れたのだ。この潔さは、どこから来たのだ）

瞬間……。

閃（ひらめ）くものがあった。

（覚悟しているのだ。覚悟をきめねばならぬ何かが、間近に迫っているのだ）

探ろうとして、唐戸屋を凝然と見据えた。そのとき、蔵人は、その答がおのれのなかにあることを覚った。

（切腹と告げられたときにこころで弾けた、潔さ。その潔さと同じおもいを感じる。唐戸屋は『死』を覚悟しているというのか。死を覚悟せねばならぬ何かが、唐戸屋にあるというのか）

はじめて見せた柔らかな光が目の奥底にあった。唐戸屋は凝（じ）っと蔵人を見つめている。

二

唐戸屋を出た蔵人が、切り通しのはずれにさしかかったとき、背後から、

「旦那」

と声がかかった。やっと聞き取れるほどの小さな声だった。

「そのまますすんでください。吉蔵でございます」

振り向くことなくすすんだ蔵人は、町家の切れたところを左へ折れた。壁に身を寄せる。道を曲がって吉蔵がやってきた。見届けた蔵人が歩きだす。近寄ってきた吉蔵がさりげなく肩をならべて歩きだした。

「張り込む場所を求めて郡山藩のぐるりを歩いていたら、唐戸屋の番頭が急ぎ足でやってくるじゃありませんか。そこで」

町家の蔭に身を隠し、後をつけた。ついていくと郡山藩上屋敷と通りをはさんで広がる、小島町の裏通りにある剣術の町道場に入っていった。木戸門にかけられた門札をみると、

〈田宮流　芦沢（あしざわ）道場〉

とあった。が、どこぞの大店（おおだな）の隠居の住まいを造り替えたとみえる家屋に、いわゆる剣術の道場らしき様子はうかがえなかった。

（仕切りの襖をとりはずし、板敷きにして道場として使っているのであろう）

首を傾げながらも吉蔵は、そう考えた。

待っていたが、昼八つ（午後二時）を告げる時鐘が鳴っても出てこない。郡山

藩の上屋敷の張り込みを始めるべきだとおもったが、どうにも番頭のことが気にかかってならない。

「盗っ人の勘、というやつで」

で、そのまま張り込みをつづけたら、夕七つ（午後四時）すぎに出てきた。後をつけたら、まっすぐ唐戸屋へもどったのだ、という。

「人の出入りはあったか」

問うた蔵人へ、

「住み込みの門弟らしいふたりがもどってきました。四十すぎの、いかにも尾羽うち枯らした、粗末な身なりの浪人で」

姿形からみて、十四郎たちを尾行していた浪人たちに相違なかった。

「仁七とは行き合わなかったか」

「仁七と？」

問い直したところをみると出会わなかったのだろう。

「実は仁七に、共に郡山藩上屋敷を張り込めと命じたのだ」

「そいつは仁七に悪いことをしやした」

「怪我の功名というべきかもしれぬぞ。仁七のことだ。探しても吉蔵の姿が見いだせぬとなったら『何かあったに違いない』と判じて、おそらくひとりで張り込みをつづけているに相違ない。そうはおもわぬか」

「あっしも、そうおもいやす」

ややあって、つづけた。

「この足で仁七のところへ出向きやす。向後、どういたしやしょう」

「落ち合ったら如月にもどっていてくれ」

「わかりやした」

足を止めた吉蔵が、立ち止まった蔵人に浅く腰を屈めた。踵を返し、歩き去っていく。

見送って、蔵人は歩き始めた。


水月にもどると十四郎、新九郎、木村、晋作が柴田たちにあてがわれた座敷で円座を組んでいた。入ってきた蔵人を見るなり、木村が問いかけてきた。

「われらの張り込みが、なぜ気づかれたか。皆で話し合っておりました」

暮六つ半（午後七時）にはまだ間があった。坐った蔵人は、唐戸屋喜三郎と交わした会話を事細かに語ってきかせた。

「そうか。東雲の男衆と唐戸屋の番頭が親しい間柄だったのか。迂闊だった」

十四郎が頭をかいた。

「茶屋での張り込みはむずかしい。向後は気をつけねばならぬな」

木村が誰に聞かせるともなくつぶやいた。

「おれの落ち度だ。気遣いが足りなかった」

「相手が悪すぎたのです。異常なほどの警戒ぶり。御頭の話を聞くかぎり、何やら途方もない謀略をめぐらしているとしかおもえませせぬ」

木村が首を傾げた。そのとき、

「よろしゅうございますか」

廊下から襖ごしに声がかかった。

「来られたか」

「いつもの座敷に入られました」

お苑が応えた。

「すぐ行く」

脇に置いた大刀を手にとり、蔵人が立ち上がった。

神田川の水音が障子窓ごしに聞こえる。上座に平蔵が坐っていた。向かい合って坐った蔵人のななめ後ろに位置するように相田倫太郎が控えていた。

「蔵人、郡山藩と粂石藩の確執、たしかに存在したぞ」

平蔵が告げた。

「それは、どのような」

「御先手弓頭の職分を十二分に利用したのよ」

にやり、とした。長谷川平蔵は御先手弓頭が本役であり、火付盗賊改方長官は加役、つまり兼任の役向きであった。

ことばを継いだ。

「番士仲間の伝手をたどって、当時調べにあたったお庭番の頭領に行き当たった。ひそかに訪ねて、詳しい事情を聞き出したのだ。粂石藩の城主戸沢伊勢守様は御三卿の一家、田安家より奥方を迎えられた。が、不幸なことに奥方との間には子ができなかった。清乃の方なる御部屋様が真佐丸様という嫡子を、お産みなされたころから奥方の妬心が高まり、さまざまな嫌がらせがはじまったそうな」

奥方が暗殺を企て、腹心の者に命じて真佐丸の食事に毒をもろうとした。そのことについて、たしかな証拠をつかんだ戸沢伊勢守は厳しく詰問した。奥方は開き直った。日頃から田安家の姫であったことを鼻にかけ、二万石の小大名である戸沢家を蔑(さげす)んだ態度をとることの多かった奥方だった。戸沢伊勢守のたまっていた憤懣(ふんまん)が一挙に爆発し、刀を抜き放つや、止める腰元たちを振り払い、逃げまどうのを執拗に追いかけて、めった斬りにした。

　重臣たちは奥方の死を、

〈急な病によるもの〉

　として処理しようとした。

が、行動を起こしたときはすでに遅かった。輿入(こしい)れのとき奥方にしたがってきた局(つぼね)が、事の次第をしたためた封書を出入りの商人を使って、江戸の田安家へひそかに届けていた。

　当然のことながら、田安家当主の怒りは凄まじいものだった。

　幕閣に、粂石藩断絶と戸沢伊勢守ならびに嫡子真佐丸の処断を迫った。

「真佐丸様は、五歳になったばかりの幼子であったそうな」

　田安家の権勢を恐れた幕閣は、当主の意を汲み、望むがままの処断を下した。

「粂石藩は改易、領地没収の上、断絶。当主戸沢伊勢守様ならびに嫡子真佐丸様には切腹のお沙汰がくだった」

「五歳の幼子に切腹を命じられた、と」

おもわず問い返した蔵人に平蔵が、うむ、と顎を引いた。

「開城明け渡しと決まった、粂石城受城使と切腹の検分役を命じられ、受城軍を率いて出向いたのが、隣藩の郡山藩藩主岩城肥後守であった。そのこと、すでに存じておろう」

蔵人は無言でうなずいた。

お庭番が粂石城下でひそかに聞き込んだことによると、岩城肥後守はこのとき、

〈とても人間の所業とはおもえぬ〉

情け無用の行いをしていた。

「戸沢伊勢守様も大の古董好きでな。心許した家臣に命じて、古今東西の由緒ある品々を集められていたという」

蒐集（しゅうしゅう）する古董をめぐって、しばしば岩城肥後守と諍（いさか）いがあったそうな。

喉から手が出るほど欲しかった古董を、競っては何度も奪われたことで、岩城肥後守のなかで戸沢伊勢守に対する憎悪の念が膨らんでいった。

切腹の検分役はまさしく、

〈積年の恨みを晴らす好機〉

だったのかもしれない。

岩城肥後守が介錯人(かいしゃくにん)に選んだ家臣は、およそ剣の達人とは言い難い者であった。

腹を一文字に掻っ切った戸沢伊勢守が、

「介錯」

と苦しげに呻(うめ)いた。

そのとき介錯人はみるからに動転していた。顔色は青ざめ、脂汗を噴き出させていた。

再度、戸沢伊勢守は、

「介錯」

と喘いだ。

振り下ろした介錯人の刀は肩口に食い込み、血が噴き出した。二度、三度と刀を振るうが、腕や背中を切り裂くのみであった。飛散した血があたりを染めた。

屏風の背後に控えていた条石藩の若き家臣がたまりかねて躍り出、

「落ち着かれよ」

と一声かけた。その声に介錯人は力尽きたのか刀を取り落とし、その場にへたりこんだ。

「御免」

と吠えた家臣は、介錯人の落とした刀を拾いあげ、手練の早業で戸沢伊勢守の首を切って落とした。見事なまでの腕の冴えであった。戸沢伊勢守の首は皮一枚残して、その胸に抱かれた。介錯した家臣は、

「殿、殿」

と悲鳴に似た声をあげ、号泣しながら走り去って、いずこかへ姿を消した。

「気が触れたのであろう」

家来たちは口々に噂しあった。その家臣は古董の買い付けで、つねに戸沢伊勢守と行を共にしていて、

「溺愛に近いものがある」

と陰口をたたかれるほど伊勢守が心許した者であったからだ。

その惨劇を岩城肥後守は薄笑いを浮かべて見ていた。

さらに情け無用の所業は重ねられた。

五歳の真佐丸には、

「扇子腹を」

と哀願する老いたお守り役を無視し、あくまで、

〈腹切刀〉

での切腹を命じた。

あきらめた老臣は、

「痛いは一時のこと、真佐丸君は大名の嫡子。後々は将たる身ならば武士の鑑となられねばなりませぬ」

と言い聞かせた。五歳の幼子に腹切刀を握らせた老臣は、突然、背後に廻り、腹切刀で真佐丸の首を深々と断ち切った。

「不埒者め、検分を妨げるか。討て」

怒りに躰を震わせ立ち上がった岩城肥後守が、わめき散らした。介錯人は一気に刀を振り下ろした。腕が未熟だったのか、力まかせに振るった介錯刀は、真佐丸をかばうように背後から抱きかかえた、老臣の首もろとも真佐丸の首を斬り飛ばした。

転がった老お守り役と真佐丸の首を憎々しげに睨みつけた岩城肥後守は、

「たわけめ。御役の邪魔をしおって」

老臣の首に唾を吐きかけた。

襖の蔭に控えた粂石藩の家臣たちの口から、切腹の座の惨状がつたえられ、そのことは次第に城下に広がっていった。お庭番が聞き込みをかけたときには、〈誰ひとりとして知らぬ者はおらぬほど〉の有様だった。

「真佐丸様のお守り役と、戸沢伊勢守様の首を介錯した若き家臣とは父子であったそうな」

「主命で買い付けに携わっていたとなれば、その家臣は古董の目利きであった、とみるべきでしょうな」

話しかけながら蔵人は、唐戸屋喜三郎の面を脳裏に浮かべていた。

「わしも、そうおもう。粂石藩が断絶したのは十五年前。岩城肥後守に旗本家から盗み出した、御神君より拝領の豊太閤ゆかりの古董を売りつけた唐戸屋なる者は四十がらみ。何やら臭わぬか」

「お守り役の嫡子と唐戸屋喜三郎が同じ人物ではないか、ということでございますか」

「そうだ。家臣が当時二十代半ばとすれば年頃はつながる」

「無楽流は、居合の業を秘伝とする林崎夢想流の流れを汲む流派。拾いあげた刀で瞬時に主君の介錯をすますなど、皆伝並みの腕でなければできぬこと。太刀筋、業の鋭さからみて、おそらく」

「そう判ずるか」

「そのこと、たしかめる手立てがございまする」

「手立てが」

「是非にも長谷川様に御出馬いただきたいことが」

「申せ」

「南茅場町に店を構える物産問屋千倉屋仙右衛門を、忍び姿にて訪ねていただき、お取り調べいただきたいと」

「物産問屋千倉屋仙右衛門とな」

「唐戸屋が、湯島切通町に店を構えるにあたって土地、家屋の売り買いの仲立ちをした者。以前は粂石藩御用達(ごようたし)の商人でございました」

「よかろう。明日にも出向こう。時が迫っておるでな」

「時が迫っている?」

「岩城肥後守がお国入りするのじゃ。参勤交代で江戸を出立する日が、五日後と決まっておる」

「それは、あまりに間近な……」

五日で何ができるか、と考えた。

次の瞬間……。

（たいした探索はできぬ）

と判じていた。

「時においては乱暴な手立ても用いる、との覚悟でのぞまねば、この一件、あきらかにできませぬな」

「唐戸屋喜三郎の正体、盗品の豊太閤ゆかりの古董を岩城肥後守に売りつけたは何故か？　その狙いは？　さらに岩城肥後守が豊太閤ゆかりの古董を集める理由が奈辺にあるか。解き明かすべき謎が多すぎる」

ことばをきって、平蔵が首を捻った。

「千倉屋仙右衛門に縄を打ち、引っ立てるか」

すぐに首を横に振った。

「いや。あくまで秘密裏に動かねばなるまい。下手に表沙汰にしては唐戸屋の一味を追い詰めることになる」

顔を蔵人に向けた。

「やはり忍び姿で出向いて、脅し半分に強談判するのが、手っ取り早い手立てのようだな」

「如何様」

「明朝五つに、南茅場町の千倉屋の店先で待ち合わせよう。段取りはこうだ」

口を挟むことなく蔵人は、平蔵のことばにじっと耳を傾けている。

三

平蔵と相田が引き上げた後、蔵人は十四郎たちのいる座敷へもどった。帰っていた柴田源之進が蔵人に、

「調べ書に、郡山藩と粂石藩の間に確執があったことをうかがわせる記述がございました」

と事の顚末を細かく復申した。

一同とともに蔵人は聞き入った。

すべてを話し終えた柴田に、

「御苦労だった」

とねぎらいのことばをかけた。平蔵から聞かされた方が、直に探索にかかわっ

たお庭番の報告のせいか、はるかに詳しかった。が、そのことを蔵人は一言も柴田に告げなかった。公の文書に残された記述には、御上に都合の悪いことは抹消される傾向がある。郡山藩と粂石藩の確執を調べ書から読み取った洞察力は、〈読み書きしたことや、話したことのほとんどを記憶している特殊な能力を持つ柴田にしか為し得ぬこと〉

であった。知識の蓄積は物事を分析するのに大きな力となる。探索において柴田の力が発揮される、他には真似のできぬ領分でもあった。

「柴田、明日は新九郎とともに、郡山藩上屋敷近くにある小島町の〈田宮流　芦沢道場〉へ乗り込んでくれ」

「田宮流の町道場へ、何をしに出向くのですか」

「新九郎に道場破りをやってもらう」

「道場破り、ですと」

横から新九郎が声をあげた。

「そうだ。田宮流を名乗ってはいるが、おれは道場主が使うは、おそらく無楽流だとおもう。なるべく多くの業を使わせ、太刀筋を盗んできてくれ。新九郎がその形を真似てくれれば、無楽流と立ち合ったことのあるおれには、田宮流か無楽流かの区別はつく」

「しかと盗み見てきます」

新九郎が顎を引いた。

「身共の役向きは」

「柴田は道場主ならびに門弟たちの顔ぶれをあらためてきてくれ。年頃、出で立ち。話すことばの様子からは、生まれ育った国柄が推量できるはず」

「抜かりなく」

その眼に緊迫がみえた。

「木村、晋作は浅草田圃近くの住まいへもどり、明日から郡山藩上屋敷を張り込んでくれ。十四郎、仁七と吉蔵も向かわせる。役割の分担など話し合って決めてくれ」

「承知」

と木村が応えた。晋作もうなずく。

「柴田と新九郎は向後も水月を足場とせよ。如月にはおれと十四郎、吉蔵、仁七が居残る。明日は長谷川様と行を共にする。終わり次第、水月に寄る。柴田、新九郎がもどるまで水月にて待つ」

無言で一同が顎を引いた。

如月へ十四郎と共にもどった蔵人を吉蔵と仁七が待っていた。

「郡山藩上屋敷には、怪しい動きはありやせん。ただ人の出入りがやたら多いのが気にかかりやすが」

復申した仁七に蔵人が、

「五日後に岩城肥後守様がお国入りなさるそうだ。参勤交代の支度が始まっているのであろう」

「道理で」

仁七と吉蔵が得心がいったように顔を見合わせた。

明日から十四郎、木村、晋作と共に郡山藩上屋敷を張り込むことと、このまま如月を根城とすることをつたえた蔵人に吉蔵は、

「わずかな動きも見逃すものじゃござんせん」

と微笑み、仁七は、

「この五日が勝負。手抜かりなくやりますぜ」

と目を光らせた。

翌朝、店先で落ち合った蔵人と平蔵は、したがってきた相田倫太郎を通りに残し、千倉屋へ乗り込んだ。相田は、

「唐戸屋へ通報に出向く者がいるかもしれぬ。素振り怪しき者あらば、躊躇なく問いただし、手に余れば、店に入り込み、動きをあらためよ」

と平蔵から厳しく命じられていた。

入るなり深編笠もとらずに平蔵は、間近にいた手代とみえる男に、

「火付盗賊改方長官長谷川平蔵である。忍び姿でまいったには、それなりの理由(わけ)がある。主人の仙右衛門に取り次げ。闕所(けっしょ)にいたるやもしれぬ大事とおもえ」

したがう蔵人が、

〈声は低いが凄まじいまでの威圧〉

を感じたほどのものであった。

当然、手代は震え上がった。

「店先にてはあまりにもご無礼。まずは奥へ」

とそれなりに知恵を働かせて丁重に座敷へ案内した。

ほどなく千倉屋仙右衛門が座敷に入ってきた。驚いたことに、その顔には笑み

さえみえた。下座に坐るなり、

「ひょっとしたらおいでになるかもしれぬとおもうて、心待ちにしておりました」

と頭を下げた。

ちらりと見合った平蔵と蔵人が目線をもどした。ことばの裏の意味を探ろうと見据えた。

顔を上げて、

「唐戸屋喜三郎さまのこと、すべてお話しいたします」

「唐戸屋喜三郎、さま、と申したな」

問うた平蔵に、

「申しました」

「商人としては、はるかに目下の者。さま、と呼ぶは、ちとおかしいのではないか」

千倉屋のわずかの変調も見逃すまいと蔵人は気を注いだ。

（口はきかぬ）

と決めていた。

千倉屋が平蔵を見つめた。

ふたりの視線がからみあった。

――腹を探り合う火花を、蔵人は、しかと感じとっていた。

しばしの沈黙が流れた。

口を開いたのは千倉屋だった。

「以前、お出入りさせていただいた粂石藩で、大変お世話になりました。御上の粂石藩への事なかれの処置、身分卑しき商人のわたしめにも合点のいかぬもの。ましてや、話に聞く岩城肥後守さまの戸沢伊勢守さまと真佐丸さまへの、人とはおもえぬ為さりよう。人として許されぬ、と怒りすら覚えております。たとえ匹夫(ひっぷ)の勇と嘲笑われようともかまいませぬ。千倉屋は人の心を持つ者でございまする」

「……それで唐戸屋に手を貸したか」

「貸しました。千倉屋は粂石藩御用達の商人にとりたてていただき、今日の富を得た者でございます。粂石藩の積年の恨みを晴らすためのお役に立てれば、たとえ財を失うことになりましても、何の悔いもありませせぬ」

姿勢をただした。

「……戸沢伊勢守様と田安家の確執。粂石城明け渡しの受城使であり切腹の検分役でもあった岩城肥後守の為した所業。すべてとはいわぬが、わしも調べて存じている」

「それでは」

「だからこそ忍びでまいったのじゃ」

千倉屋は息を呑んで平蔵を凝視した。

平蔵も見返す。

しばしの間があった。

突然、手をついた。

「申し上げます。唐戸屋喜三郎さまは、真佐丸さまお守り役稲葉喜左衛門(いなばきざえもん)さまの嫡男、喜一郎(きいちろう)さまでございます」

堰(せき)を切ったように千倉屋は話し始めた。

やむなく戸沢伊勢守の介錯をした稲葉喜一郎は、粂石城受け渡しを蔭ながら見守ろうと、城下外れの庄屋屋敷をひそかな宿がわりとしていた千倉屋を頼った。

千倉屋は古董買い付けの手助けなどをし、稲葉喜一郎とは身分をこえた付き合

いをしていた。年は十ほど千倉屋が上だった。そのせいか、

〈年の離れた兄弟のような〉

仲になっていった。

喜一郎をかくまうと決めた千倉屋は、手代を城下に走らせた。もどってきた手代は、真佐丸をかばい稲葉喜左衛門が共に首を斬られたことを聞き込んできた。

父をも失った喜一郎は悲憤にくれた。

「必ず仇を討つ」

といいつづけた。呪詛に似ていた。

千倉屋もまた義憤にかられていた。

〈この仇討ち、成就するまで何年かかろうとも助力を惜しまぬ〉

と覚悟を決めた。

そのうちどこで聞きつけたか、喜一郎を訪ねて多数の藩士がやってきた。

口々に、

「主君の仇を討たずにはおかぬ」

と声を荒らげ、気勢を上げた。

はじめは似た年齢の者が五十人ほどいたが、一年経ち、二年過ぎ、三年、五年

と年月が過ぎるにつれ、一人欠け、二人、三人と姿を消し、十年前には三十人たらずとなった。

「三十人も残ったというのは、わたしには驚きでございました。これほどまでに伊勢守さまは家臣に慕われていたのか、と。生まれながらのお大名として育ってこられたお方には珍しい、こまかい心配りのある、優しいお殿さまでございました」

戸沢伊勢守を偲(しの)んでか、千倉屋の目から一粒の涙がこぼれ落ちた。

目頭を押さえてつづけた。

「条石藩が断絶して十五年が過ぎました。いまでは喜一郎さまを入れて総勢十四人となりました。十五年で十四人。その数が多いのか少ないのか、わたしにはわかりませぬ。ただつたわるは積年の恨み、晴らさずにはおかぬとの悲憤のおもいのみ」

目を閉じて平蔵は聞き入っている。

「二年前、やっとつくった伝手をたよって、岩城肥後守さまに唐戸屋喜三郎となった喜一郎さまを引き合わせたのは、わたしでございます」

静かに目を見開いて平蔵が問うた。

「さる大身の旗本家から盗みだした品ではあるが、御神君より拝領の、豊太閤ゆかりの古董が手に入りました。二度とは得られぬ品。盗品ゆえ、おすすめはできませぬが、いかがなされまするか、と岩城肥後守にもちかけたのだな、唐戸屋が」

「そのとおりでございます。岩城肥後守さまは大いに興味を示され『我が郡山藩は外様ゆえ何かと人にいえぬ気苦労をしてきた。公儀に一泡吹かす絶好の機会。その品、買おう。溜飲が下がる。できれば、どんどん盗んでまいれ。すべて買い取る』と上機嫌でおっしゃられたそうで」

千倉屋の頰に皮肉な笑みが浮いていた。つづけた。

「すべては三年前、喜一郎さまが洲崎弁天へ参拝され、茶店で休まれた折り、隣り合って坐っていた、どこぞの隠居とみえる者が俄の腹痛を起こしたのを介護したのが、はじまりでございます」

「その隠居が黒姫の徳兵衛だったのだな」

「半月ほどわが家に居候させ、看病してくれたことを徳兵衛は恩に着て、おのが正体も明かして『恩返しをせねば気がすみませせぬ』と申し入れたそうでございます」

「それで盗みが始まったか。御神君より拝領の、豊太閤ゆかりの古董がどこにあるか、どうやって調べたのだ」

「拝領の豊太閤ゆかりの古董は、粂石藩の家宝のひとつとして蔵におさめられておりました。明け渡しのとき、あった品がきちんと受け渡しされたか気になり、調べたところ紛失しておりました。おそらく」

「受城使の岩城肥後守が、どさくさにまぎれて着服したのかもしれぬな」

「日頃から、豊太閤ゆかりの古董が伊勢守さまの手元にあるのを『余は外様ゆえ、手にすることもかなわぬ品、許されるものなら是非にも手に入れたいものよ』と申されていたそうで」

「そのことばを伝え聞いた唐戸屋が長年かけて、どこに何があるか、調べていった。そうだな」

千倉屋がうなずいた。

「わしが乗りだした、と気づいたのはいつのことだ」

「無言の吉蔵なる盗っ人が、長谷川さまの御屋敷より盗み出した古董を、唐戸屋に持ち込んだときに気づかれたそうでございます」

「持ち込んだとき、とな」

「喜一郎さまは類まれなる古董の目利きでございます。添えられた書付の日付は一年前のものだったが、紙と墨の色が違った。一目見ただけで、ここ数ヶ月の間に書かれたものとわかった、と。『後は岩城肥後守に疑いの目が向くように動き、時機を待つだけ』と長谷川さまの御屋敷より奪われたと称する古董を買い付けた日の夜、ひそかに訪ねてこられて、それはお喜びでございました」

「なるほど。さすが古董の目利き。恐れ入ったものだ」

蔵人を見やって、

「そろそろ引き上げるか」

「如何様」

共に大刀に手をのばした。おもわぬ成り行きに千倉屋が、

「それでは、わたしめには何のお咎めもなく」

「いったではないか、忍びだと。話は聞いた。用がすんだでな、帰る」

と微笑みかけた。

千倉屋の目が潤(うる)んだ。

「お情け、終世、忘れませせぬ」

畳に両手をつき、深々と頭を垂れた。

「引き上げるぞ」

店から出た平蔵は相田に声をかけた。

「不審な者の出入りはありませなんだ」

小声での復申には、うむ、とうなずいただけだった。

したがう蔵人に声をかけた。

「寄れ」

肩を並べた蔵人に告げた。

「このまま役宅へ付き合え。そちはそのままでよいが、わしは身支度をととのえねばならぬ。前触れもなく御老中首座の役宅へ押しかけるのだ。そのくらいの気配りはせねばなるまい」

四

「動いたか、事態が」

声をかけ、裃(かみしも)姿のまま定信が座敷に入ってきた。

平蔵がやって来たら、御用向きの客を通す接見の間ではなく、書見の間に案内するように、と定信の指示が行き届いていた。

その書見の間で待つこと半刻（一時間）、平蔵と蔵人は一言もことばを交わすことはなかった。ただ坐している。

そこへ足音高く定信が来たのだった。

裃姿であるということは、帰邸した足をそのまま向けた、ということを意味する。

上座に坐り、さらに、

「どう動いたのだ」

と急いた。平蔵が応じた。

「主家の仇討ち、でございまする」

「仇討ち？　いまどき、そのような忠義の武士がいるのか。信じられぬ」

「主家ならびに父の仇討ちと申したほうがいいかもしれませぬ」

「聞こう」

断絶した粂石藩の藩主戸沢伊勢守と、郡山藩の岩城肥後守の古董蒐集にかかわる確執。その確執が生み出した惨劇。稲葉喜一郎が唐戸屋喜三郎と名を変え、盗賊黒姫の徳兵衛となじみができたことをきっかけに、旗本たちから御神君より拝

領した豊太閤ゆかりの古董を盗み出し、岩城肥後守の元に持ち込んで、

「外様大名ゆえの気苦労に鬱々と日々を過ごしてきた。よき鬱憤晴らしにもなる。たとえ盗品でも豊太閤ゆかりの古董、手に入るすべてを買おう」

と言わしめ、売り買いを重ねていった顚末を、事細かに語ってきかせた。

聞き終わった定信は、

「岩城肥後守め。不埒千万。どうしてくれようか」

と顔を顰めた。癇癖の証の青筋がこめかみに浮いている。

「郡山藩上屋敷の蔵には、旗本たちより盗み出した豊太閤ゆかりの古董が、密かに蔵されていると申したな」

「如何様。裏火盗の者たちが盗っ人を擬して忍び込み、旗本千百石能瀬長右衛門の屋敷より奪われた酒杯〈淀の月〉を、郡山藩上屋敷より盗み出しておりまする」

「結城、他の、豊太閤ゆかりの古董があることも見届けたか」

「直接たしかめてはおりませぬが、手の者が見届けております」

「許せぬ。厳しく処断してくれる」

握りしめた拳が小刻みに震えていた。

「しかし……どうする」

独り言ちて、中天を見据えた。口をへの字に結んでいる。そのまま黙り込んだ。

座に重苦しい気が立ち籠めていた。

ややあって、呻いた。

「やはり、できぬか」

奥歯を噛みしめた。

「いますぐにでも出向いて、斬り捨ててやりたいが、それもならぬ」

溜め息をついた。

顔を平蔵に向けた。

「長谷川、口惜しいのう」

「口惜しい、と」

「そうよ。事を表沙汰にし岩城肥後守を咎めて腹を切らせ、郡山藩を改易、断絶に追い込むが、老中首座の余がなすべきことであろうに、それができぬ」

「できぬ？」

「岩城肥後守めの罪を暴き立てれば、御神君より拝領の豊太閤ゆかりの古董を盗み出された、旗本たちの落度が表沙汰となる。不行届のかどで処断せねばなるまい。何せ郡山藩上屋敷には、その証拠の品々が残されているのだからな」

「まさしく八方ふさがり。手の打ちようがありませぬな」

「いや、ある」

きっぱりと言い切り、定信が平蔵を見つめた。

しばしの間があった。

ことばを継いだ。

「粂石藩の忠義を貫く者たちの仇討ちを、成就させてやるのだ」

わずかに息を呑み、眼光鋭く見据えた平蔵が、

「しかし……聞くところによれば、一党は十四人しか残っておらぬ由。仇討ちなど夢のまた夢。あたら忠義の臣に犬死にせよ、と申しているようなもの」

「岩城肥後守は参勤交代でお国入りする。途中までは、わが白河藩と同じ道筋をたどるはず。奥州街道は険しき山河がいたるところに存在する、襲うにはたやすき街道じゃ」

「お庭番を使うわけにはいきませぬぞ」

見据えて、定信が告げた。

「結城、裏火盗の面々に下知して、仇討ちに手を貸してやってくれ。あくまでも隠密裡にな。武士道を貫く者たち、むざむざ死なすわけにはいかぬ」

その目に、

〈譲らぬ〉

との強い我意がみえた。

「承知仕った」

蔵人が強く顎を引いた。

「長谷川、火盗改メからも助勢を出してくれ。岩城肥後守のような輩（やから）を生かしておいては御上のためにならぬ。是が非にも屠（ほふ）らねばならぬ。武士道を守らねばならぬ」

「結城や裏火盗の者たちを見殺しにはできませぬ。長谷川平蔵、腕利きの者どもを率いて事にあたりまする」

「御上の権威、何としても守らねばならぬ。無法を為す者、大名といえども許すわけにはいかぬ。支配違いのこともある。無理は承知の上のこと。頼む。この通りだ」

定信が深々と頭を下げた。

老中首座の屋敷からもどる道すがら平蔵が蔵人に問いかけた。

「さて、唐戸屋たちを敵討(かたき)ちする気にさせるには、どうしたらいいものか」

「そのこと、策を弄する必要はございませぬ。唐戸屋は、いまが命の捨て時と覚悟を決めております」

「なぜ、そう見立てる」

「一度、死の淵にのぞんだ者の勘、とでもいうか。ただ、あの者の様子から、そのように感じまする。すべてを捨てた、潔さ、というか、何かを」

うむ、顎を引き、平蔵が黙り込んだ。

黙々と歩をすすめる。蔵人も、それにならった。

ややあって、

「そのこと、わしにはわからぬ。ただ……」

つぶやきに似た一言だった。聞き漏らすことなく蔵人が、

「ただ……」

とつづきを促した。

「しょせん武士道とは、いかに死ぬか、を求めた、武士に覚悟を決めさせる法度(はっと)なのかもしれぬな」

「武士の精神(こころ)の法度、でございますか」

「武士道とは死ぬことと覚えたり、か」

足を止めた。

空を見上げた。

「綺麗だ……」

立ち止まった蔵人も月を見上げた。

夜空に、そこだけ灯りがあった。満月があらんかぎりの光を発して、まわりを朧な黄金の色に染め上げていた。


水月にもどった蔵人を、新九郎と柴田の意外な復申が待ちかまえていた。

「芦沢道場は蛻の殻でございました」

途惑いが柴田にあった。

「……新たな動きがあったのだ」

蔵人が黙り込む。

(何があったというのか)

思案をめぐらした。

答は見いだせなかった。

（明日、唐戸屋を訪ねて、探るしかあるまい）

そう腹をくくった。

どこぞの鐘が真昼九つ（午後零時）を告げている。おそらく入江町の時鐘であろう。

如月の座敷では蔵人、吉蔵、仁七、十四郎が円座を組んでいた。木村と晋作は夜を徹しての張り込みに就いている。昼は仁七と吉蔵、十四郎はつなぎと尾行に備えて待機する、と皆で役割を決めたようだった。

「木村さんが、あっしの躰を気づかってくださいやして、自分から夜の見張りを買って出てくださいやした。年寄りの身、皆さんに余計な気苦労をかけやす」

申し訳なさそうに吉蔵が溜め息をついた。

「それぞれに得手がある。吉蔵には、培った勘働きと長けた世知が備わっている。誰にも真似のできぬこと。木村は、そのことを知っているのだ」

視線を移して、問うた。

「仁七、上屋敷の様子はどうだ」

「さらに動きが派手になっておりやす。唐戸屋の番頭が数人の人足に荷車を引かせて入っていったきり出てきません」

「あっしが、しかと見極めやした。唐戸屋の番頭の顔、見忘れるものじゃありやせん」

横から吉蔵がことばを添えた。

「茂吉が、郡山藩の上屋敷に」

「茂吉？　あの番頭、茂吉というんですかい」

問うた吉蔵に、

「そうだ。荷車を引いていた、というと荷でも運び出すつもりか」

「仁七と話し合ったんですが、あっしは豊太閤ゆかりの古董を運びだすんじゃねえか、と」

「盗っ人の勘というやつで」

目を光らせて仁七が身を乗りだした。

「……参勤交代の荷にまぎれこませてもいいような気がするが」

首をひねった蔵人のなかで弾けたものがあった。

「まさか」

「その、まさかで、さ」

にやり、とした吉蔵の横から十四郎が、

「三人の読みが、めずらしくひとつにまとまったんだ。岩城肥後守様が本性を剝き出しあそばされて、あくどい策を考えついたのではないかと」

皮肉な薄ら笑いを浮かべて、つづけた。

「参勤交代とは切り離し、唐戸屋の一行に盗品の古董を運ばせる。万が一、荷検め(あらため)にあうようなことになっても郡山藩に傷はつかぬ。すべての罪は唐戸屋に背負わせる算段」

「岩城肥後守様ならやりかねぬこと。明日にでも唐戸屋を訪ねて、たしかめてこよう」

不敵な笑みを浮かべた蔵人に、

「そいつは危ねえ。止めておくんなせえ。命が幾つあっても足りねえことになりますぜ」

仁七が声を高めた。

「その心配はない。唐戸屋は、すでに、われらの正体を察している」

「何ですって」

驚愕した仁七と吉蔵、十四郎が顔を見合わせた。

蔵人は、千倉屋から聞き出した顚末を、細かく話して聞かせた。

「なるほど。書付の紙と書かれた墨痕で年月を計ったんですかい。どんな稼業にも玄人（くろうと）の業はある。古董の目利きにゃ、そういう見立ては朝飯前のことかもしれませんねえ」

しみじみと吉蔵がつぶやいたものだった。


翌朝、湯島天神裏の切り通しをひとり行く蔵人の姿があった。

参詣客相手の茶店の茶汲み女が、縁台を通りの脇に運び出し、莨蓙をかけている。町々で毎朝の営みが始まっている頃合いであった。

訪ねた蔵人を唐戸屋は快く迎え入れた。

裏庭へ向かったふたりは、用意されていた木刀を手に半刻（一時間）ほど、打ち合った。

何のてらいもなかった。

〈剣の錬磨に励む〉

ただそれだけの時が流れた。

それぞれが肌脱ぎになり、井戸端で汗を拭いながらことばを交わした。

「お別れでございます。岩城肥後守さまよりお話があり、此度のお国入りにしたがって郡山へ行くことになりました」

手を止めて蔵人が顔を向けた。

微笑んだ唐戸屋がいた。

しばしの間があった。

「罠ではないのか。古董だけ残し、他のすべての証を消し去るための」

「罠?」

不敵な笑みを浮かせた。

「望むところでございます。十五年もの年月、待ち続けたことでござれば」

侍言葉にもどっていた。

「……望むところ、か」

凝然と見据えた。

「あえて名はいわぬ。幕閣最高の地位にあるお方がいっておられた。『唐戸屋と名乗る者の志、成就させたい。成就させる手立てを講じろ。いまどき珍しき忠義の臣』と」

「幕閣最高の地位」

とつぶやき、はっと驚愕の目を見開いた。

「それでは御老中首座の耳にも」

うむ、と蔵人が強く顎を引いた。

見詰めなおした。強固な意志が眼(まなこ)の奥底にみえた。

「このこと、われらの手のみで成し遂げまする」

「何と」

「主君の恨みを晴らすだけではございませぬ。父の仇を討つ、との私憤もありまする。ただ」

「ただ」

「願わくば、われら全員討ち死にせしときは、哀れと思し召し骨など拾っていただき、さらに願わくば」

「さらに願わくば」

「積年の恨み、われらにかわって晴らしていただきたく。理不尽を為す輩を糺(ただ)す者なくば、この世は闇でござる」

「そのこと、わが命あるかぎり」

「結城殿、鞍馬古流との錬磨、終世忘れ得ぬ、楽しきことでございました」

笑みを浮かせた。

微笑みで、蔵人も応じた。

五

四百人余もの行列であった。郡山藩四万二千石の参勤交代は江戸を出立して、すでに六日目を迎えていた。七つ（午前四時）立ちの暮六つ（午後六時）に本陣に入るという強行軍だった。昼餉のための休みを半刻（一時間）ほどとり、一日五刻（十時間）以上は歩きつづけた。

宇都宮まで奥州街道と日光街道は同じ道筋をたどる。今市へ向かうと日光街道、白河へ行くと奥州街道となった。

宇都宮から、博労町へ出、烏山道へとさしかかる。

蔵人と平蔵は、ここ烏山道を、唐戸屋喜三郎こと稲葉喜一郎とこころを同じくする条石藩の浪士たち、総勢十四人が岩城肥後守を襲うところとみていた。

郡山藩は四百人余の大所帯といっても、供揃えをととのえるために、かなりの数の渡徒士や渡りの中間を雇い入れていた。その数、およそ半数近く。いわゆる

臨時雇いの渡徒士、渡りの中間は戦いが始まったら、

〈わが身大事〉

と逃げの一手を決め込むに相違なかった。

残るは二百人。そのうち武術の心得のある藩士は、五十人にも満たないはずであった。細身の大小を差してもふらつく武士が増えた当今だった。腰の大刀は武士という身分をあきらかにする装飾品としか考えぬ、刀を抜いたこともない武士たちが多数いたのである。

裏火盗は頭領の結城蔵人以下七名に仁七、吉蔵をくわえた総勢九名。大林多聞は雪絵に診療所の留守をまかせて、

「かくいう大林多聞も裏火盗の一員。此度は是非にも一党に加えていただきまする。仲間の生き死にがかかる戦い。御頭が、残れ、と命じられても、したがいかねます」

と強硬に言い立て行を共にしていた。

火盗改メからは長谷川平蔵、与力進藤与一郎、同心相田倫太郎、小柴礼三郎ら総勢十人が、いずれも粗末な木綿の小袖に袴といった、剣客の一群とみゆる風体で旅をつづけていた。

まず岩城肥後守の参勤交代の行列がすすみ、すこし離れて、〈用心棒として雇いいれた〉との触れこみの芦沢道場の面々、茂吉、人足に化けた浪士たちに唐戸屋の姿のままの喜一郎ら十四人が、古董を積んだ荷車を引いてしたがっていた。

蔵人たちは唐戸屋一行の前と後ろの二手に分かれて、つかず離れずの動きをしていた。

平蔵たちは、裏火盗のしんがり組のさらに後ろからつづいていた。

宇都宮の本陣に、岩城肥後守の駕籠が入ったのを見届けた蔵人と平蔵は、宿場町のはずれにある一里塚の前で落ち合った。

「明日昼過ぎには、烏山道にさしかかる。すすむにつれ道幅はせまくなるはず。そこらが血戦の場となろう」

「心得ております。長谷川様には、今宵は酒を控えていただかねばなりませぬな」

「こやつ、いいよる」

屈託なく笑って、真顔になった。

「生き残った粂石藩の浪士たちがいたら見逃してやれ。無事残った豊太閤ゆかりの古董があれば持ち帰り、旗本家へ返してやるか、それとも御上の蔵へ蔵するかは、御老中首座の指示を仰ぐことにしよう」

「旅先にて食に当たり、郡山藩の一行に多数の急死者が出た。御老中首座はそう落着させるおつもりではないかと」

「岩城家は石高を大きく減封された上、お国替えされるはず。大名として列することができるかどうか難しいところであろうな」

「浪人が増えますな」

「そこよ。食い扶持を守るためだ。死に物狂いで戦う藩士もおろう。厄介なことだ」

苦い笑いを浮かべた。

旅も六日目となると疲れが溜まってきたせいか、行列の規律もゆるみきっていた。宇都宮宿から博労町と、人の目のある間はまだ行列はととのっていた。

が、烏山道にさしかかり、次第に険しさを増してくると、だらだらとした動きが目立ち始めた。岩城肥後守の駕籠のまわりを固める藩士たちだけが、態勢を崩すことなくすすんでいる。どこからが渡徒士、渡りの中間か、はっきりと見極められるようになっていた。

異変はすでに起こっていた。稲葉喜一郎の姿が見えなくなり、付き従う用心棒も半数以下に減っていた。

蔵人は唐戸屋一行の荷車の前を歩いていた。旅に出てから喜一郎とは一言も口をきいていなかった。それどころか顔を合わせても、互いに知らぬふりをしている。言い含められているのか茂吉も同じだった。

山奥へさしかかり、道幅も狭くなった。一方が十丈（約三〇・三メートル）余に及ぶ崖、残る一方が急傾斜の山膚（やまはだ）の間を通る道筋となった。

当然、列は崩れ、よくて二列、ひどいところでは一列と乱れに乱れた。

そのとき……。

何かが崖を転がり落ちる音が大地を揺るがした。

見上げると、数個の大きな岩が崖の上から行列めがけて落下してきた。

次々と落ちてくる岩が行列を分断し、藩士たちを弾き飛ばし下敷きにした。

なかには急傾斜の山膚へ向かって自ら身を躍らせ、逃れる者たちも多数いた。

唐戸屋一行の前にいた蔵人、木村又次郎、神尾十四郎、仁七らは崖沿いに身を寄せた。抜刀した用心棒たちにつづいて、積み荷をおおった筵（むしろ）を剝がし、隠してあった両刀をとりだした人足たちが差しながら、後を追った。

荷車を崖側に寄せ、副長格の大林多聞率いる安積新九郎、真野晋作、柴田源之進に吉蔵を加えた後詰めの一群が駆け寄ってくる。

荷車の向こうに、走り寄る平蔵ら火盗改メの姿があった。

できうる限り粂石藩の浪士たちの働きにまかせる、と決めてあった。

「武士の死に花の咲かせどころ。早手回しの助太刀は、武士の一分をたてる場を奪う、無慈悲の所業となろう」

発した平蔵のことばと蔵人のおもいはひとつであった。まさしく、

――武士道は死ぬことと覚えたり

であった。

粂石藩の浪士たちの行為は、戸沢伊勢守の後を追っての、いわば殉死であった。

「殉死の覚悟が決まっていたからこそ、十五年間もの長きに亙って『仇討ちする』とのおもいを持ち続けられたのだ」

ことばをきって、平蔵がつづけた。

「怨念、なのだ。稲葉喜一郎に率いられた浪士たちは、生ける屍。幽鬼なのやもしれぬ」

「生ける屍。幽鬼の怨念……」

つぶやいた蔵人の脳裏を、初めて顔を合わせた時の、唐戸屋こと稲葉喜一郎の陰鬱な眼差しと暗影の宿る顔がかすめた。

目の前で繰り広げられる剣戟を見やりながら蔵人は、江戸を立つ前夜に平蔵と交わしたことばを思い起こしている。

幽鬼たちは嬉々として行列に斬り込んでいった。

崖の上からは岩が行列めがけて落下していた。十数個ほど落ち、乱れに乱れた行列に向かって崖上から下ろされた縄を、袴をつけ、武士の姿にもどった喜一郎はじめ用心棒たちが滑るように伝い降りてきた。なかに蔵人の見知った顔もあった。十四郎たちをつけてきて湯島の切り通しで行き合った、芦沢道場の内弟子ふたりであった。

縄の端は崖上の大木にでも結び付けてあるのであろう。喜一郎らの激しい、俊敏な動きにびくともせず、ぴんと張り詰めて、それぞれの躰を支えている。

駆け寄った多聞たちに蔵人が声をかけた。

「手出し無用」

「何故の止め立て。このままでは忠義を貫かれた、粂石藩の浪士の方々が全滅することになりまするぞ」

多聞が声を荒らげた。日頃の多聞らしくない物言いだった。

「武士の情けだ」

応えた蔵人に、

「武士の情け？　わかりませぬ。手助けするこそ武士の情けではございませぬか。生き永らえてこそ人としての花実が咲くのではございませぬか」

「浪士たちは、すでに死んでいる」

「死んでいる？」

「そうだ。いま斬り込んでいるのは、戸沢伊勢守様が切腹なされたときに、こころでは殉死した者たち、いわば生ける屍なのだ」

「こころでは殉死した、生ける屍……」

絶句した多聞が、新九郎らと顔を見合わせた。

「そうでなければ十五年もの長き間『主君の仇を討つ』ただその一念を貫き、ふりかかったであろう、多くの屈辱を甘んじて受け、困窮に耐えて生きつづけられるとおもうか。人のこころは弱いものだ。生ける屍でなければ出来ぬこと。死人の仇討ちの助勢は出来ぬ。武士の誇りを抱いて死んでいった者たちの骸（むくろ）を拾い、手厚く葬ってやることだけが、ただそれだけが、われらにできるただ一つのことなのだ」

それしか蔵人には発することばがなかった。

斬り込んだ喜一郎らが駕籠に迫った。切り通しで会った内弟子のひとりが斬られた。肩口から流れ出た血を、ものともせず斬りかかっていく。斬られても斬られても立ち向かっていった。その姿は、まさしく幽鬼、生ける屍そのものであった。

死力をふりしぼってたどり着いた内弟子が、駕籠のなかに向かって刀を突き立てようとしたとき、背後から一刀を浴びせられた。力尽きたのか駕籠に覆いかぶさるようにして倒れ込んだ。

その向こうに、家臣から抱きかかえられた岩城肥後守がにじり出てきた。腰が抜けているのか両側から支えられ、よろけながら逃げ去っていく。

「岩城肥後守を逃がしてはならぬ。何としても討たせてやるのだ」

刀の鯉口を切った蔵人が走り出た。走りながら胴田貫を抜き放つ。新九郎たちがつづいた。

荷車の向こうから平蔵たちが駆け寄る気配を背に感じながら、蔵人は斬り込んでいった。右に左にかかってくる家臣たちを斬り捨てながら一気に走った。

逃げる岩城肥後守を追い越した蔵人は、手を大きく左右に広げて立ちふさがった。

「何者だ？」

警固する家臣が吠えた。

「戸沢伊勢守様旧家臣の方々に心寄せる者。通さぬ」

「たわけたことを。戸沢伊勢守は十五年前に死んでおるわ。十五年も昔の話ぞ」

わめいた岩城肥後守に蔵人はせせら笑いで応えた。

「どけ」

斬ってかかった家臣の剣を蔵人は弾き飛ばした。刀を奪われた家臣は、小刀を抜いたがかかってこようとはしなかった。

ぐるりを十四郎や新九郎らが囲んだ。

棒立ちとなった岩城肥後守たちに、傷ついた浪士たちが群がった。一人一殺。ぐるりを警固していた家臣たちが、躰をぶつけてくる浪士たちと相討ちとなり、次々と倒れていった。

岩城肥後守とふたりの家臣だけとなったとき、そこには喜一郎ひとりが立っていた。

「唐戸屋。唐戸屋ではないか」

呆気にとられた肥後守が声を高めた。

「戸沢伊勢守様の旧臣、稲葉喜一郎、主君ならびに真佐丸様と共に首を斬られた父の仇を討つ」

目を大きく見開いて、叫んだ。驚愕があった。

「おまえは、あのとき戸沢伊勢守の介錯をした、若侍。あまりの変わり様、気づかなんだ」

「お命頂戴仕る」

踏み込んで大上段から岩城肥後守の脳天に刀を叩きつけた。ほとんど同時、左右から家臣たちが喜一郎に突きを入れていた。

が、喜一郎の一刀は、見事、岩城肥後守の頭蓋を二つに断ち割っていた。肥後守が刀を冠代わりにその場に崩れ落ちた。

「お見事」

一声叫んだ蔵人は踏み込み、喜一郎に刀を突き立てた家臣ふたりを、逆袈裟、返す刀で袈裟懸けにと斬り捨てていた。瞬きする間の早業であった。

力尽きたか喜一郎はどうとばかりに倒れ込んだ。

「稲葉殿」

抱き起こそうとした蔵人の手を振り払って、いった。

「介錯。介錯頼む。稲葉喜一郎は武士でござる。武士らしゅう切腹を望みまする。介錯、頼みまする。結城殿」

死力をふりしぼって起き上がり、姿勢を正した。

「結城蔵人、介錯仕る」

その斜め後ろに立った。

胴田貫を上段に置く。

「武士の情け、あの世で感謝仕る」

小袖の襟をはだけた。小刀を前に置き、抜く。袖で刃を巻いた。握る。

そのひとつひとつの所作がすべて作法にかなっていた。駆けつけた平蔵ら火盗改メの面々も、裏火盗の者たちも地に坐し、姿勢を正して見つめていた。

「参る」

一声発して喜一郎がおのが腹に刃を突き立てた。真一文字に切り裂き、刀を抜いて突き立て、さらに縦に十文字に切り裂いた。

「介錯」

蔵人が胴田貫を振り下ろした。皮一枚残して切られた首は、喜一郎に受け止められ、抱きかかえられたかのように前に落ちた。

茜(あかね)に染まった空に、塒(ねぐら)をめざす鳥たちが黒い影を落として、飛び去っていく。蔵人は喜一郎らが襲撃前に潜んでいた崖の上にいた。そこは小高い丘でもあった。

土饅頭の上に人の頭ほどの石を置き、蔵人はしずかに立ち上がった。

「この者、ひとりで葬りたい」

と申し出、平蔵に許されたことであった。

土饅頭の下には稲葉喜一郎が眠っている。

土饅頭を見つめた。

胴田貫を引き抜く。

「鞍馬古流、結城蔵人。無楽流、稲葉喜一郎殿に最後の勝負、挑み申す。鞍馬古流につたわる秘剣『花舞の太刀』。旅立ちへのせめてもの手向け。とくと照覧あれ」

低く下段に構えた。

胴田貫の刀身が、夕陽に赤々と燦めいた。

裂帛の気合とともに切っ先が地をえぐり、礫となって、土饅頭を襲った。

突き立った礫は、無数の穴を穿った。

蔵人は、胴田貫を逆袈裟に振りあげたまま、しばらく、その形でいた。

切腹の座についたとき、はらはらと舞っていた、白い桜の花びらと見まごうた白雪を、いま、蔵人は見ていた。

（あのときのおもい、忘れぬ）

胴田貫を鞘にもどした蔵人は、土饅頭を見つめ、凝然と立ち尽くした。

【参考文献】

『江戸生活事典』三田村鳶魚著　稲垣史生編　青蛙房
『時代風俗考証事典』林美一著　河出書房新社
『江戸町方の制度』石井良助編集　新人物往来社
『図録　近世武士生活史入門事典』武士生活研究会編　柏書房
『日本街道総覧』宇野脩平編集　新人物往来社
『図録　都市生活史事典』原田伴彦・芳賀登・森谷尅久・熊倉功夫編　柏書房
『復元　江戸生活図鑑』笹間良彦著　柏書房
『絵で見る時代考証百科』名和弓雄著　新人物往来社
『時代考証事典』稲垣史生著　新人物往来社
『長谷川平蔵　その生涯と人足寄場』瀧川政次郎著　中公文庫
『鬼平と出世　旗本たちの昇進競争』山本博文著　講談社現代新書
『考証　江戸事典』南條範夫・村雨退二郎編　新人物往来社
『江戸老舗地図』江戸文化研究会編　主婦と生活社
『新編　江戸名所図会　〜上・中・下〜』鈴木棠三・朝倉治彦校註　角川書店
『武芸流派大事典』綿谷雪・山田忠史編　東京コピイ出版部
『図解「武器」の日本史』戸部民夫著　ベスト新書

『江戸・町づくし稿〜上・中・下・別巻〜』岸井良衞著　青蛙房
『天明五年　天明江戸図』人文社
『嘉永・慶應　江戸切繪圖』人文社
『新修　五街道細見』岸井良衞著　青蛙房
『五街道風俗誌　〜一・二〜』小野武雄編著　展望社

コスミック・時代文庫

裏火盗裁き帳（うらかとうさばきちょう）

八

2024年6月25日　初版発行

【著 者】
吉田雄亮（よしだゆうすけ）

【発行者】
佐藤広野

【発 行】
株式会社コスミック出版
〒154-0002 東京都世田谷区下馬 6-15-4
代表　TEL.03(5432)7081
営業　TEL.03(5432)7084
　　　FAX.03(5432)7088
編集　TEL.03(5432)7086
　　　FAX.03(5432)7090

【ホームページ】
https://www.cosmicpub.com/

【振替口座】
00110-8-611382

【印刷／製本】
中央精版印刷株式会社

ISBN978-4-7747-6568-6 C0193